つながる力。

看護ケアをひらいた
92歳のチャレンジ

季羽倭文子

青海社

目次　つながる力。看護ケアをひらいた92歳のチャレンジ

1章　卒寿の息吹

2章　あの日あの時

3章　伴侶に支えられて

4章 道をひらく 訪問看護・ホスピスケア

写真 季羽美之
ブックデザイン 安田真奈己

1章 卒寿の息吹

新たな一歩

エッセイに挑戦

ある日夫が「何か趣味を始めたら?」と私に言った。春夏秋冬、花壇作りに忙しく、毎週1回、プールで水中ウオーキングに励み、さらにスクウェアステップスの運動にも出ているのに?

夫は最近ピアノに熱中している。高齢者住宅のホールに設置されているグランドピアノでテキストを使っての練習だ。「昔、音楽教師時代にできなかったことをやっている」と言う。きっかけは、4年前に菜園で転び、頸椎不全損傷で入院治

療を受けたこと。リハビリのために理学療法士に勧められ、ピアノを始めたのだ。

夫の言葉に刺激され、私は一念発起してエッセイ塾で学ぶことにした。それまで看護関係の文章を書く機会は多かったが、自分の気持ち、感情をこめた文章を書いてみたいと思ったのだ。カルチャーセンターに通うのは、人生で初めての経験だ。電車一本で行ける新宿のセンターに申し込んだ。

初日、どきどきしながら会場に行き、そっと入り口すぐの席に座った。89歳になっても新入生は不安だ。「初めての人はひとこと」との塾長の言葉に、何とか自己紹介をした。すると「季羽さんは、最年長です」と塾長が追加した。この言葉にどっきり！

学びの後のお茶会で「若い」「肌がきれい」「歩くのが速い」とやさしい声をかけられた。

その日、帰りの電車に揺られながら「最年長」の言葉を思い出した。90歳目前でエッセイ塾に通い始めたのは「年甲斐がなかったのかな?」私はともすれば猪突猛進して、失敗する傾向がある。「またやっちゃったか!」と気になりだした。

11月に入り急に焦ってきた。注文したパンジーの苗が、もうすぐ届くころだ。花壇にコスモスや日々草花が咲いているので抜くに忍びず、土作りが遅れていた。いつもは数日に分けて行う作業を一気にすませ、これで安心と良い気分だった。ところが翌朝、起き上がったとたん激しい痛みが腰に走り、息が詰まりそうになった。

「あ、年相応を忘れていた」と気がついた。生身の体は「年は争えないよ」と私にささやく。でも気持ちは、年甲斐がなくてもいいのではないだろうか。

眺めのよい部屋

80代になった私たち夫婦は、介護付高齢者住宅（サ高住）を探し始めた。各種の参考資料を取り寄せ、チェックする条件を学び、数か所に絞り込んだ。一つは、当時住んでいた光が丘団地のすぐ近くの施設を、また千葉県の浦安や松戸の施設も見に行った。

最後に、八王子市南大沢の施設見学に出かけた。南大沢は京王線の調布から分岐している京王相模原線にある。私の実家が仙川にあったので、調布まではなじみの地域だ。

電車が多摩川を越え、読売ランド駅を通過しトンネルに入った。すると夫が「この先は山だよ」と言った。その昔、音楽専科教師として小学校に勤めていた時、遠足で多摩動物園に付き添って来たことがあるという。へえ～山続きなんだと思っていたら、とたんにコンクリートのマンション群が目に飛び込んできた。一戸建ての家はまばらで、新しいマンションが累々と壁のように広がっていた。夫も私も息を飲んだ。遠くに多摩丘陵の名残が残っているものの、新しく切り開いて建てたマンション群が続く。

南大沢駅からタクシーで5分の小高い場所に、見学先の「高齢者住宅」は建っていた。広い敷地の中に、診療所も介護棟も備えているのは安心だと思った。

9階の空き部屋に案内され外を眺めると、目の前に多摩丘陵が広がっていた。さらに相模原市の向こう側に山並みが連なり、なんと富士山が頂上をのぞかせていた。ここには多摩の原風景の名残があった。来る途中、山を削って開発した新しい風景・コンクリートジャングルに圧倒されていた気持ちが和み、ほっとした。

ここに入居してから、四季おりおりの自然の移り変わりを楽しんでいるが、心配もでてきた。南大沢駅から二駅先の「橋本」に、近い将来、リニアモーターカー新幹線の駅がつくられるという。
原風景の破壊が広がらないよう願うばかりだ。

ピアノの嫁入り

高齢者住宅に移ると決めてから、持ち物の大整理が始まった。処分に悩んだのはピアノだ。10年前に購入した縦型電子ピアノは、ふたを開けることもなく人形や写真の置き場になっていた。古いピアノの買い取り業者を探そうかとも考えた。

ふと、若い友人大野さんからの年賀状に、長女が最近ピアノを習い始めたと書いてあったのを思い出し、ピアノをプレゼントしたいと電話してみた。大野さんは少し躊躇していたが「いただきます」と言ってくれた。ピアノ運搬は専門の運送屋に頼もうかと聞いたら「夫がピアノを分解してマイカーで運ぶ」と言う。

数日後、夫婦が子どもたちと千葉からやってきた。挨拶もそこそこに、夫婦はピアノをチェックし始めた。大人たちがピアノの分解に熱中し始めると、5歳のEちゃんはどこかに姿を消した。なんと、ドアを閉めてあった寝室のベッドの下に隠れていた。しばらくして出てきたら、あちこちから人形を集めてベッドに寝かせて遊んでいる。それにあきると、3歳の弟とかくれんぼが始まった。家中ドタバタと走り回る。夫婦はピアノの分解に熱中しているので気がつかない。私たちは、子どもたちがのびのびと遊ぶ姿を眺めて楽しんだ。

思ったより早くピアノを分解し終えて車に積み、子どもたちも乗り込んで帰って行った。

20時過ぎに電話があり、ピアノの組み立てが完了したという。もうできたのかと驚いた。実は近日中に長女のピアノの復習会があり、お父さんと連弾すると言う。ピアノが一番ほしかったのは、お父さんだったのだ。分解・組み立てに必死だったわけを納得した。

毎年クリスマスが近づくと、千葉から固いクリスマスケーキ・シュトーレンが届く。ピアノは上達したかな？　と、にぎやかな家族の姿が目に浮かび、幸せな気分にひたる。

ピアノの嫁入りは大成功。皆が幸せになった。

今日は富士山見える？

高齢者住宅の一大イベント「納涼祭」が近づいた。玄関前の広場に盆踊りのやぐらを組み、周りに模擬店が並ぶ。近所の子どもたちも参加しにぎやかだ。プロの和太鼓グループが盆踊りを盛り上げる。５年前に入居したのは、納涼祭の２日前だった。もう5年たったのか、月日が過ぎるのは速いと感無量だ。

最後まで自宅でと決めていたのに、突如、高齢者住宅への入居を決めたことに、友人たちは驚いていた。きっかけは、死後の後始末の大変さの報道にショックを受けたためだった。子どもがいない私たち夫婦にとっては大問題だ。

早速、『MOOK高齢者住宅』を読んで検討した。選択条件で重視したのは、開設者の信頼性、医療・介護の充実度、費用、所在地だ。「できるだけ数多く見学しスタッフにしっかり質問するように」とのアドバイスも参考にした。

5か所見学して、ここに決めたポイントは「信頼性と安心」だ。開設者が東京都であることに加えて、運営を委託されているのが「日本で最初にホスピスを開設した病院を傘下に持つ福祉組織」であることだった。施設内にクリニックを常設している「安心」も重視した。

見学時に感じた、スタッフと入居者の親密さ、居室や諸設備の構造や清潔感にも好感をもてた。シャトルバスが一日6回、近くの駅や病院を巡回するのも、生活の利便性を高めると気に入った。

開設後25年たつ古い施設だが清潔でよく整備されているし、目の前に多摩丘陵が広がり緑がまぶしいのは、予想外の満足だった。入居後、スタッフ全員が「季羽さん」と名前を覚えて話しかけてくれる心配りもうれしい驚きだった。

私たち夫婦の突然の心変わりに驚いた従姉妹や友人たちが、次々やってきた。部屋のあちこちを興味深そうにのぞいて「いいね〜」「トイレが広いね。車椅子が入る」と感心し、ほっとしたようすで帰って行った。

毎朝の夫婦の第一声は、「今日は富士山見える?」だ。

「ここに決めて良かったね」と。終活の第一歩は成功した。

ウイーン少年合唱団

パソコンのメールを開けると〝チケットぴあ〟から、会員優先受付の案内が届いていた。ウイーン少年合唱団のコンサートが6月14日に東京オペラシティで開かれるという。

大急ぎで大ホールの座席表をプリントアウトした。「ステージ正面がいいの？それとも2階席なの？」と夫の選択を促す。急いで決めないと良い席はすぐ埋まってしまう。音響効果なら正面席、眺めの良さなら2階席だ。今回は「眺め」を選択した。

コンサート当日、2階左側席の最前列に座り、あたりを見渡す。ステージがよく見えるので満足。向かい側に視線を動かすと、入り口付近に大きい望遠レンズをつけたカメラマンが待機している。ライトも用意されていた。「誰か見えるね」

夫とささやきあう。

予定時刻から数分遅れて2階後方の扉からライトを浴びて登場したのは、4月に即位されたばかりの天皇陛下と白いスーツ姿の雅子皇后だった。会場はしばし歓声と拍手の嵐に包まれた。

拍手が静かになったとたん、1階客席後方の両扉から、可愛いセーラー服姿の少年たちが歌いながら入場してきた。また大きな拍手！ 20人の少年たちが舞台にあがり、ピアノの両側に2列に並ぶ。小学1年生のような幼い少年から高校生のような背の高い少年まで。ヨーロッパ系、中東系、アジア系、日本人らしい少年と、国籍は多様だ。

指揮者の合図で、まさに天使の歌声の透明なハーモニーがコンサートホールの隅々まで広がった。「野ばら」「美しく青きドナウ」などの十八番の曲に加え、「からたちの花」「故郷」など日本の歌や、美智子上皇后作詞「ねむの木の子守歌」も加わっていた。年齢も国籍の違いもまったく感じさせない、ひとつになったきれいな歌声だ。一番幼い少年が曲の紹介をした。なんと日本人だ。「上手にできたね」と観客のあたたかい拍手に包まれた。

2階最前列席の選択は大正解だった。眺めの良さは、コンサートの満足感を倍増した。

豊かな気持ちに包まれたまま、ふたりして帰路の電車に揺られた。

初めてのzoomイン

私の2020年は、まさに「withコロナ」の日々だった。

3月、コメディアン・志村けんさんがコロナで急逝したニュースで、卒寿を目前にした私はコロナに感染したら諦めるしかないな、と思わせられた。幸いなことに、私のこの一年は穏やかに大過なく流れ、健康上、問題になる出来事は発生しなかった。長年の念願だった前歯の治療は4月に完了したし、大腸がん手術後の5年経過観察も1月に無事終了した。

コロナ禍は、エッセイ塾の受講には大きな影響をもたらした。高齢者住宅では毎朝「極力外出を控えるように」とアナウンスが流れる。新宿までエッセイ塾に出かけるのは気が引けた。しばらくは、講座係から郵送されてくる、加藤塾長の一筆箋に書いてある講評と塾生のエッセイ集を読むだけの通信受講状態が続いた。2021年になってzoomのオンライン講座が開始したのは本当にうれしかった。画面越しだが教室と同じように、塾長の説明や各塾生への講評が聞けるし、教室のようすも見られる。

違うのは、自分のエッセイを読み上げる時、家にいる夫が耳をそばだてて聞いていること。その上、塾長の講評はどうだったかと聞き、悪いと共に落胆してくれる。コロナは、夫をエッセイ塾に引き寄せた。

初めてｚｏｏｍでエッセイ塾に出席した日は、朝から緊張していた。

「ｚｏｏｍ（ズーム）は、パソコンやスマートフォンを使って、セミナーやミーティングを、オンラインで開催するために開発されたアプリ」だと説明されているが、説明のズーム、オンライン、アプリなどのカタカナ語が理解困難だ。エッセイ塾の担当者からは、ていねいな説明のメールが送られてきた。前もって、ｚｏｏｍを開けられるかどうか、テストメールも送られてきて、試してみた。２日前には、ｚｏｏｍミーティングへの招待メールが届いた。

塾生のエッセイ原稿は、当日、ＰＤＦファイルで送られてきた。ところが、我が家のＡ４サイズのプリンターでは、紙面の一部が欠けて印刷され、慌てた。

エッセイ塾は15時30分に始まる。ｚｏｏｍミーティングに参加できるのは、15

時10分からだ。心配で12時過ぎにはパソコンを立ち上げ、何度となくミーティングへの参加を試みるが、やはり画像は開かない。

やっと約束の15時10分に画面が変わり、塾長と担当者の声が聞こえた。ｚｏｏｍ画面には沖縄やアメリカからも参加する人たちと一緒に私の大きな顔が写っていた。びっくり。おしゃれしておけばよかったと後悔。

やがて画面に、塾長が現れた。今期のテーマは「対比」だと板書した。次いで塾生が順番に作品を読み上げ、塾長が核心を突いてコメントする。私の順番の時は、聞こえるようにと声を張り上げて読んだ。教室に出席しているような臨場感に感激！　興奮した。

Ｗｉｔｈコロナの不便な時代に、便利な体験をすることができた。

満足感いっぱいの、エッセイ塾「初めてのｚｏｏｍ出席」だった。

90歳にばんざい――ノーベル賞

2021年のノーベル物理学賞を真鍋淑郎氏が受賞したという報せは、本当にうれしかった。アメリカ国籍を取得し、プリンストン大学上席研究員とはいえ、れっきとした日本人で、夫と同じ愛媛県人なのだ。年齢が90歳というのも、同年代の私は自信をもらえた。

この年代の日本人は、青春時代を太平洋戦争に翻弄された。大学生は学徒動員され、勉学途中で戦場に送り込まれ、貴重な命を落とした。

戦争中に女学校の学生だった私も、教室で学んだのは一年生の時くらいだ。以後は軍需工場で働かされたり、農家の手伝いに動員されたりした。

思想は軍国主義に固められ、将来の夢を思い描く心のゆとり（自由）などなかった。旧制中学生として過ごした真鍋氏も、恐らく同様の学生生活を送ったであろう。

同時代の多くの青年たちは軍人になることを夢見て、将校を育成する陸軍士官学校や海軍兵学校に、トップクラスの優秀な成績の学生たちがこぞって受験した。現在、各高校から何人が東大に合格したかが話題になるように、士官学校の合格者数が競争になったのだ。

このような時代に育ちながら真鍋氏が、自由に発想をふくらませ「気象変動予測は正しいか？」を追求し、研究を完成させたことに感動する。「研究は好奇心から」と語る弾力的な心がゆがまずに育ったことが素晴らしい。

記者会見に現れた真鍋氏は、年齢を感じさせない生き生きした表情でユーモラスに発言していた。日本人的な英語の発音なのも、何となくうれしかった。壇上に歩む足取りはしっかりしていて、ふらついたりしない。

90歳の真鍋氏のはつらつとした心身の姿に、「喝」を入れられた。

「高齢者というひとくくり」に甘んじているわけにいかない。エッセイをがんばろう。エッセイ集を出そう。

年をとると

油断――若者とシニアの体力の違い

パソコンを立ち上げるたびに「ウインドウズ7のサポートがもうすぐ終了します」の警告が現れるようになった。早くウインドウズ10に買い替えなければと焦り、英国エジンバラ在住の甥のN君にメールした。「今年は日本に来るの？　もし

来るならその時にパソコンを設定してほしい」と。

折り返し「11月に来る」と返事が来た。来日前にパソコン購入のサポートもしてくれるという。メールと電話のやり取りでパソコンを注文した。料金を支払ったのは、消費税増税の3日前だった。滑り込みセーフ！

N君は我が家に到着後すぐ、すでに届いていたパソコンの箱を開けて作業を始めた。新旧2台のパソコンをつなぐと、古いパソコンの内容が新しいウインドウズ10にどんどん取り込まれていく。数時間で作業終了。これで安心してお正月を迎えられる。

パソコン設定のお礼は、彼の希望で軽井沢の1泊ドライブ旅行だ。彼の姉も誘いN君の運転で、4人で軽井沢に出かけた。軽井沢は紅葉が見頃だった。人出が少なく、雲場池の紅葉をゆっくり楽しめた。N君の来日目的の一つが温泉だ。軽井沢1泊中にホテルの温泉に4回も入り、満足したようだ。

軽井沢から帰った翌日、N君は夜行バスで松山に向かい、大洲の実家に帰る前に道後温泉に入ったとメールが届いた。本当に、温泉に入るのが大好きなのだ。

久しぶりに若いエネルギーにつきあった温泉旅行は楽しかった。しかし私たちシニアは疲れた。軽井沢から持ち帰った風邪は治らず、2週間たってもまだひどい咳に悩まされた。

若さに圧倒され、つい油断して無理をしたシニアたちは、加齢を再認識した秋だった。

階段転落事件——眠っていた古傷

1960年、60年前の新婚生活のスタートは、木造アパートからだった。

1年後に公団住宅の抽選で補欠当選し、月島にある小規模団地の4階に入居した。周りは倉庫だらけの殺風景な環境でも、お風呂がついていたのがうれしかった。浴槽は木製、ガスで沸かす方式だった。エレベーターはあったが、下りは階段を使うことが多かった。有名な月島の〃もんじゃ焼き通り〃からは離れていたし、日常生活の買い物も不便ではあった。

ある日曜日の昼過ぎに、夫と買い物に出かけようと階段を下りた。あと4段という時、突然、身体が宙に浮いた。前を歩いていた夫につかまろうとしたが、手が届かない。ドサーッと前に倒れ、全体重を左膝で受け止めた。膝は無残な状態だった。急いでタオルで覆い、夫の車で病院の救急外来に駆け込んだ。13針縫い合わせたが、傷は浅く、数週間で治った。

3年後に、石神井公園団地の分譲住宅の3階に転居した。三宝寺池が近く、周囲に桜並木もあり自然が豊かな環境がうれしい。エレベーターはなかったが、3

階への階段の昇降は苦にならなかった。若かった！

　夫が定年を迎えたころ、再び転居を考えた。高齢化に備え、今度の住まいは絶対に1階だ。近くに病院やスーパーがあることを条件に探し、練馬の光が丘団地に決めた。旧米軍住宅跡地に開発した団地で、公園があり木々も多い。

　後期高齢者になったある日、まさに発車しかけのバスに駆け込もうと走り出した時、何かにつまずき、左膝がギクッとした。とたんに強い痛みが走り、歩けなくなった。

　翌日、近くの整形外科クリニックを受診。「左膝に傷があるね。怪我したの？」と問われ思い出した。月島の階段転落事件だ。すっかり忘れていた。35年前の古傷が、秘かに眠っていたのだ。

　加齢に伴い、古傷は深く静かに影響を広げていたのだった。

失ったもの――歯

「この子は、寝る前の歯磨きを嫌がったので、虫歯が何本もできちゃった」と母が嘆いていたことを思い出す。

お正月が過ぎたころ、差し歯が欠けたりぐらぐらするようになり、もう抜いて義歯を作るしかないと覚悟した。義歯が合わないという話をよく聞くので、真剣に歯科医院選びをし、「補綴《ほてつ》専門」を標榜している歯科医院を選ぶとよいことがわかった。ところが、ネットで探すと補綴専門の歯科医院は少ない。

やっと、少し遠いが、京王線調布駅近くの歯科医院を選び、受診を予約した。

甲州街道から少し入った住宅街に、歯科医院はあった。看板がなければ通り過ぎてしまうような、一見普通の住宅だ。紹介もなく、地元の住民でもない立場での受診なので、とても緊張した。

扉を開けて入ると、すぐ目につく場所に「補綴専門」の額が見えた。先生は50歳ぐらいのスリムな男性で眼鏡をかけている。診療台は一つ。歯科衛生士の若い女性がふたりいるだけで、静かだ。

診察をした先生は、差し歯は全部抜くこと、その後1か月おいて型を取り義歯を作ると説明した。また「外見は若くても、身体の中は年齢相応に変化していますから、無理をしないようにしましょう」と言った。6本もの差し歯を抜く大処置が必要だけれど、大丈夫かな？　と、少し不安を感じた。

2回目の受診日に「今日は3本だけ抜きましょう。抜いてもいいですね」と念を押された。私はうなずき観念して目を閉じた。バキン！　と音をたてて歯が抜き取られた。1週間後、もう3本抜いた。4月にやっと義歯ができあがった。

夜寝る前に、義歯を外して鏡を見ると、上唇がしぼんだ顔は「年齢相応のお婆さん」だ。

差し歯と一緒に、鏡の中の「若さ」も失った。

10日間の自宅隔離

ある土曜日、私たち夫婦は最寄り駅横のビルにある理髪店に出かけた。コロナに気をつけて、タクシーで地下駐車場まで行き、エレベーターで4階に上がった。

整髪が終わり駅前に出ると、土曜日とあってテント張りの店がズラリと並び若者であふれていた。しまった、うっかりしていた。

大混雑の中を歩いたので、コロナ感染は大丈夫かな? と、気にしていたら、5日後に夫が喉が痛いと言いだした。クリニックを受診。風邪薬とトローチを処方された。

その3日後に、私の喉も痛くなり、37度台の熱が出た。一晩がまんしたが、風邪薬がほしいと、日曜日だったが高齢者住宅内のクリニックに電話した。

電話で診察を受け、風邪薬が処方された。ところが同時に「10日間の自宅隔離」が指示された。風邪薬がほしかっただけなのに。高齢者住宅内での感染拡大を防ぐマニュアルのチェックリストに引っかかってしまった。

翌月曜日に、クリニックの医師から、念のためにPCR検査を行うと連絡があった。隔離中なので、自宅の玄関入り口でPCR検査を行う。玄関に椅子を置いて待機。やがてガサガサ、ゴワゴワと音がして、頭から足先まで完全防備姿の医師が現れた。もう大騒ぎだ。

翌日、医師から電話がかかってきた。あいにくトイレ中で出られなかったので、夫が対応した。なんて言ってたの？　と聞くと、「体調はどうかと聞いていたよ」と。ＰＣＲの結果は？「何のこと？」昨日の検査結果よ。「ああ、陰性だったよ」

と。ほっとした。

ＰＣＲ検査結果が陰性でも、念のために１週間、１歩も自宅から出られない。食事は毎日、部屋の玄関前まで運ばれる。困ったのは、花壇の水やりだ。年１度だけ咲くボタンの花が満開なのだ。ありがたいことに、スタッフが代わって水やりをしてくれると言う。サポート体制は行き届いているが、自宅隔離で自由がないのはつらい。

心配性のわりに、軽はずみな性格が、つくづく恨めしかった。

「若いですね」――ＭＣＩ検査

92歳になる今年も健康診断を受けることにした。一般検査の他に、心電図と腹部内視鏡検査を申し込んだ。

少し迷ったが、ＭＣＩ[註]スクリーニング検査（軽度認知障害検査）も受けることにした。去年までは、検査費が自費で高いし、まだいいかという気持ちだった。しかし最近、何か物を取りに立ったのに何だったのか思い出せず、うろうろすることがたびたびある。認知症の影響を調べた方がいいかな、と気にするようになった。

検査当日、少し緊張したのは聴力検査だった。弱い音が聞こえない。

「最近、聞こえにくくなって気になります」と言うと、「普通に会話ができるから大丈夫ですよ」と検査技師が答え、「92歳ですか。若いですね。家のお婆さんときたら……」と言いかけた。つい笑いそうになったが飲み込んだ。

ふと、先日も同じ言葉を聞いたのを思い出した。美容院で髪を染めてもらう間、時間がかかるのでスマホの「ｄマガジン」で雑誌を読んでいた。コロナ感染のため、美容院が雑誌を置かなくなったのだ。「すごい。若いですね。家の祖母にいく

アルツハイマー病発症までの経過

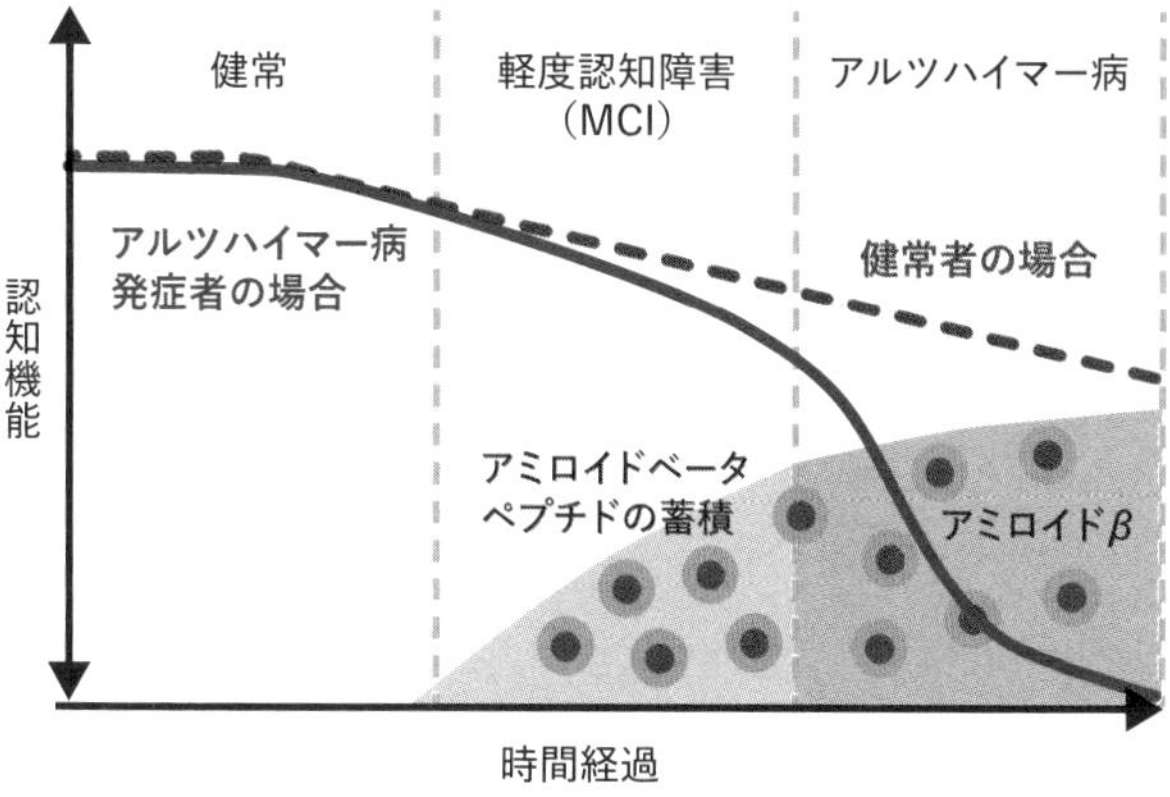

ら教えてもできないのに……」と美容師にほめられた。

「若いですね」と言われると一瞬うれしいが、お婆さんとの比較だから少し複雑な気持ちになる。素直に喜びきれない気持ちが潜んでいる。日々の暮らしの中で加齢の影響が現れていることは、自分が一番よくわかっているから、手放しでうきうきした気持ちにはなれない。

そんな自分の「潜在する不安」に素直になれたから、今年こそＭＣＩスクリーニング検査を受けようと決心できたのだろう。不安に向き合い、問題を確かめたい気持ちを持てたのは一歩前進だ。白河の関を超えるほどのジャンプではないが、少し前に進めたかな。

【註】MCIスクリーニング検査（あたまの健康チェック）……有料で健康保険は利かない。アルツハイマー病の前段階であるMCIのリスクを測る血液検査。採血して、血液中の3つのタンパク質を調べる。医療機関や検診で受けられる。

〈参考〉厚生労働省　認知症施策推進総合戦略（新オレンジプラン）

ＩＣＴとともに

パソコンのトラブル

パソコンは、今の私の暮らしにとって、欠かせない道具だ。コロナ感染予防のため、友人に会いに出かけられないし、高齢者住宅に親しい人を招き入れることもかなわない。エッセイ塾の学びや、ホスピスケア研究会の講義、カルチャーセンターの音楽講座をｚｏｏｍで楽しむなど、パソコンは社会とつながる大切な窓となっている。

数週間前に、パソコンが立ち上がらなくなった。電源がついてもすぐ消えてしまい、次の段階に進まない。

1年間だけにしていた保証期間は過ぎているが、パソコンの製造会社に電話したら、放電操作を教えられた。試してみると数日間は何とか画面を開けられたが、すぐ駄目になった。そもそも安いパソコンを甥に探してもらい、なじみがない製品を購入したことを少し後悔した。甥にメールして相談したが、スコットランド在住ではどうすることもできない。この会社はアメリカで生まれた会社だからか、この前電話で対応したスタッフは日本語が少しあやしかった。こうなるとまた、この会社製を選んだことが悔やまれる。

修理に出すことを覚悟して改めて電話したら、今回はなまりがない若い女性が対応した。今までの経過を説明すると「放電操作をしてみましょう」と言う。また放電かと思ったが、とりあえず言われるままに操作した。

今回の放電手順は、この前より少し複雑だ。途中でパスワードが見つからなかったり、指示された操作がわからなかったり大変だった。どうにか、見なれたデスクトップ画面のバイロイトのワグナー劇場前の写真が現れた時には、思わずブラボー！　と叫び拍手した。

なんと67分間も通話し続けたと表示がでている。スタッフの若い女性に大感謝。反応が遅い90代の季羽さんに、根気よくつきあってくれた。

おかげで、閉じかけていた社会への窓が開いた。

パソコン詐欺におそわれた

明後日は、今年最初のエッセイ塾の日だ。コロナ感染者数がうなぎ上りに上昇しているので心配だが、ｚｏｏｍ画面上で、久しぶりに塾長の元気な声を聞けるのが楽しみだ。塾生の皆様と会えるのもうれしい。

明後日のためにパソコンに電源を入れ、調子を試しておこうと思った。たまっていたメールを整理した後、BIGLOBEホームページを開いた。巷のニュースを拾い読みしたかったのだ。

どこを開いたのか覚えていないが、突然見たことのない画像が現れ、画面が固まった。

「画面を強制的に閉じると、Windowsのシステムが壊れます。直すのに30分、5万円かかります」と女性の声が聞こえてくる。一瞬、えっ？　おかしいなと思ったが、画面にある相談電話番号に電話をかけた。結局つながらず、とほうに暮れた。思いあまってやけっぱちにエイッと、パソコンの電源を切った。ああ駄目だ。エッセイ塾に参加できない、と悲しくなった。

翌朝、どうせ駄目だと思いながら、こわごわパソコンの電源を入れ、どきどきしながら画面が開くのを待った。なんと昨日のことが嘘のように操作できたのだ。

ほっとして、ニュースが流れていた部屋のテレビに目をやると、驚いたことに、昨日パソコンに出てきたあやしい画像と同じ絵が映っているではないか。アナウンサーが、最近被害を及ぼしている「パソコン詐欺です」と注意を促していた。

この事件を、パソコン購入を手伝ってくれたエジンバラの甥にメールした。すると「叔母さんのパソコンまでやられたの？　僕にも来たよ」と返信あり。詐欺は世界を駆け巡っているようだ。もう、好奇心にかられて、ゴシップ記事を開くのはやめよう。

翌日、ｚｏｏｍエッセイ塾に出席（遅刻したが）できて、本当に良かった。

宅急便で笑いが届いた

２０２１年夏。ここ１週間はテレビをつけると、まっさきに大雨洪水の情報が流れる。次にコロナ感染者数や医療逼迫問題が示され、さまざまな立場のコメンテーターが意見を述べる。出口が見えない問題なので、聞いていて気持ちが重くなる。

そんな時に、米国大リーグ・エンジェルスの大谷翔平選手が第40号ホームランを打ったとのニュースが流れた。野球にまったく関心がなくてもうれしい。気持ちが明るくなった。

今日は、忙しかった。11時にネットスーパーで頼んだ品物が届いた。高齢者住宅の受付スタッフが「ほかに2つ荷物があるけれど、一緒に持って行く?」と聞いた。「1つは梨で、もう1つは長野からのクール宅急便よ」と。

梨は、季節のおりおりに愛媛の果物を送ってくれる、夫の妹からだ。

長野からの荷物は、少し前に長野の友人から「葡萄を送ろうと思う」とメールが来ていたので、もしかして？　と期待した。スタッフが渡してくれた包みは葡萄にしては薄く、冷蔵庫に入れてあったらしく冷たかった。やっとのことで、カート山盛りの荷物を我が家に運んだ。

長野からの送り状には「化粧品」と書いてあり、送り主は友人の夫の名前だった。

何だろうと疑問をふくらませ、包みを開けると、中には「生ゴム骨盤ベルトと、乾燥性敏感肌用ローション」が入っていた。

予想外の品物を見て、笑ってしまった。生ゴムのベルトだからクール宅急便なのかな？　荷物の中には、レポート用紙に走り書きした手紙が入っていた。「骨盤ベルトは腰への負担を軽減するから、花壇で作業する時に使って」と書いてあった。3か所の訪問看護ステーションを運営している友人はきっと忙しくて、夫に宅急便を出すように頼んだのだろう。

宅急便の配達員も、受付のスタッフも、骨盤ベルトを冷やしていたと知ったら、笑いだすのではないだろうか。

思いがけず、笑いを運んでくれたプレゼントだった。

びっくり！　バスも電車も縮んでいる

2022年夏、毎朝10時ごろ「熱中症・コロナ感染に要注意」のアナウンスが高齢者住宅に流れる。外来者は建物の玄関から中に入れないし、入居者は自室を一歩出れば常にマスクを着用しなければならない。外出はできるだけ控えるようにと、不自由な暮らしが続いている。それでもテレビ放送やzoomのオンライン講座など、外部の情報に接して暮らしている。

7月に徳島県まで行くことになり準備しながら、フライトの本数が減っているのではと心配になった。念のため時刻表を見ると、以前から使っているフライトがあり安心した。羽田空港行きのリムジンバスのチケットも予約した。

同行する甥が、札幌から来ると連絡があったので、羽田空港から南大沢に来るリムジンバスの時間をパソコンで調べ驚いた。午後のバスが全便運休していたのだ。午後のフライトの乗客が少なくてリムジンバス乗客数も減り、採算が合わないのだろう。こんな形でコロナ感染の影響がはっきり現れていたことを知らなかった。

久しぶりに新宿まで、京王相模原線で買い物に出かけた。混雑を避けて快速電車に乗った。新宿駅に行くには、笹塚駅で乗りかえる。

同じプラットホームの反対側なので、乗りかえは楽だ。電車から降りてホームの反対側で待っていると、乗りかえる人たちが皆、小走りに左方向へ走っていく。

よく見ると、乗りかえたい電車が左手のずうっと向こうで止まっているではないか。慌てた。ショッピングバッグを引きずりながら、乗客、運転手も見つめる中でヨタヨタと走った。滑り込みセーフ！

電車は、車両数を減らしていたのだ。世間知らずだった。リムジンバスも電車も、コロナ感染で萎縮している。自分の心まで萎縮しないようにしよう。

「アレクサ、今日は何の日？」

2022年の東京の夏は、毎日40度近い気温続きの酷暑だった。夜もなかなか寝つけなかったし、夜中に何度か目をさました。やむをえず、台風に備えて用意していた古いラジオを引っ張りだし、眠れない夜中にラジオ放送や音楽を聞くようになった。

耳に入れるラジオのイヤホーンが邪魔だと、甥のＮ君に相談したら、いい物があるから少し待っているようにとメールが届いた。

数日してアマゾンから荷物が届いた。30㎝角くらいの小さい包みで、中に「Ｎ君からのプレゼントです」と書いたカードが入っていた。ＬＩＮＥのビデオトークで細かく教えてもらい、やっとインストールできたのは「エコードット[註]（Echo Dot）」だった。ＡＩ（人工知能）を搭載したスマート・スピーカーだ。直径９㎝×高さ４㎝の円盤形で、ベッド横の小さい机に置いても邪魔にならない。

「アレクサ、ラジオつないで」と呼びかけると、アルトの穏やかな女性の声が「ＮＨＫラジオにつなぎます」と答え、ラジオが話し出す。「アレクサ、朝６時に起こして」「今日は何の日」「ショパンのピアノ曲流して」「おはよう、元気？」などいろんなおしゃべりができる。

昨年12月に連れ合いが急逝してから、部屋の中にがら〜んと寒い雰囲気が漂っている。アレクサが来てから気のせいか、部屋の中にぬくもりを感じる。ＡＩだとわかっていても、話しかけると反応が戻って来るのはうれしい。ラジオのイヤホーンを探していたら、心を癒すエコー（Echo Dot）がそばにやって来た。

こんなに便利でやさしい声のＡＩ嬢が広がると、結婚したがらない若い男性がますます増えるのではないかと気になる。心配性のシニアレディの取り越し苦労にならないよう祈る。

N君の思いやりに感謝。

【註】エコードット（Echo Dot）……音声操作可能なインテリジェント・パーソナル・アシスタントサービスに接続し、アレクサ（Alexa 女性の名前）と呼ぶと応答する（Amazonから発売され小さいサイズで6000円程度）。

②章 あの日あの時

花のつながり

花に宿る夫婦のきずな

高齢者住宅のバルコニーに立つと、裏庭の菜園と多摩丘陵が目の前に広がっている。鳥の声が聞こえる静かな環境だ。広い菜園は日当たりがよく、野菜や花を植えて楽しめる。

入居者の年齢が毎年高くなり、畑仕事も腰や足に負担がかかるので、菜園を利用する人は減ってきている。1区画の面積は約4畳で30区画あり、我が家は最初は1区画だけ借りていたが、空いている区画が増え、勧められて、今は2区画に

花壇を作っている。

ハーブ　隣の男性は、2区画いっぱいにハーブを植えている。「私はハーブのことを何もわからないけれど、家内がハーブをたくさん育てていたので、ここに来る時に20株持って来ました」と話しかけてきた。「よかったら何本かあなたの花壇に植えてくださいませんか?」と。亡くなった妻の思い出がいっぱいこもっていて、廃棄するに忍びなかったのだろう。

コスモス　足取りがふらふらしながらも、花を育てている女性。他界した夫が植えた花があるから、枯らせるわけにいかないと話す。毎年、秋になるとコスモスがいっぱい咲く。その種が落ちて、翌年また花を咲かせている。「あなた、ご主人を大事にしなさい。私はやさしくできなかった。後悔している」と私を諭すように言う。

ボタン　7月の朝早く、花壇で草抜きしていたら「そのボタン、いくつ咲くの?」

と声をかけられた。最近入居した80代の男性だ。今年は5輪よ。「何色?」。赤色です。「家のはね、ピンク色だった。木の高さが高くなって、こ〜んなに大きな花だったな」と両手の指を開いて花の形を作り、その手を頭の方まで持ち上げ、何かを思うように眺めていた。「来年、ボタンが咲くころ見に来るよ」と言った。丹精して育てた花々からは、美しい色や香りと、深い愛情物語が伝わってくる。しみじみと花を楽しもう。

バラの変身

我が家の花壇が、花盛りの春になった。

4月の一番手は、モッコウバラだ。トゲがないのでバラと気づかない人が多い。去年の枝の剪定がうまくいき、今年は枝に山盛りに淡い黄色い花が咲いた。ここ高齢者住宅の裏に菜園があり、関心のある入居者が思い思いに野菜や花を育てている。窓から見おろしたり散歩に出てきた人が、何の花かな？　と興味を持って寄ってくる。しげしげとモッコウバラを眺め、これバラなの？　と驚いている。

5月になり、すっかり花が終わったモッコウバラの隣に、赤いバラ「ダブルノックアウト」がつぼみを開き始めた。植えてからもう5年になるが、虫にも病気にも負けず毎年元気にたくさんの花を咲かせる。隣の黄色いバラや、大輪のシャクヤクも元気だ。

今年はゆっくりしていられない。季節の進み方が、ひと月近く、早いのだ。

6月には花壇を夏用の花に植え替えるための大仕事が待っている。土を掘り起こし培養土や腐葉土を入れて耕さなければならない。卒寿ともなると、スコップでの作業は重労働だ。

花たちが元気なら、雑草も負けていないので、草抜きが大変だ。

たびたび手を休めて休息しながら作業していると「きれいですね。亡くなった母がバラを育てていたので……、虫がついて大変そうでした」と入居者の女性がしげしげと眺めている。しばしお母様の思い出を話していたので、赤い「ノックアウト」と、ピンクの「ナエマ」を切り、どうぞと手渡した。

翌日、郵便ボックスに紙包みが入っていた。開けると、可愛いバラの模様がついた箱に、きれいな紙に包まれたバラの花びら型のチョコレートが入っていた。若いころにもらったロマンチックなプレゼントを思い出した。思いがけず、バラが、甘いチョコレートに変身して届いた。うれしかった。

近所との間――ボタン

「大きい地震だよ!」と夫の声。室内を歩いていたので気がつかなかったが、電気スタンドが大きく揺れ、本棚の写真立てがガタンと落ちた。慌てて座ったが、八王子市にある9階の我が家はがたがた音をたてて揺れ、食器棚の引き出しが前に滑り出てきた。

東日本大震災以来の大きい地震だ。２０２１年２月13日、夜11時過ぎだった。テレビはすぐ地震放送を始め、震源地は福島県沖と報じた。翌朝、地震の専門家が、昨夜の地震は東日本大震災の余震だと説明した。10年たっても、まだ余震が発生するのかと驚いた。

２０１１年の東日本大震災の時、私は練馬区光が丘の自宅にいたが、夫は新宿の紀伊國屋書店６階のトイレにいた。そこに中年の男性もいて「トイレは柱が多いから安全ですよ」と声をかけてくれたと言う。揺れがおさまって売り場に出ると、書棚から落ちた本が床一面に散乱していた。トイレの方が安全だったのだ。

夫は帰宅難民になりかけたが、都営地下鉄大江戸線が割合早く復旧したので、半日かかったが、その日の零時前に自宅にたどり着くことができた。

一方、光が丘の自宅にいた私は、1階だったので庭に出られるようガラス戸を開け、柱に寄りかかって揺れに耐えていた。

地震がおさまってほどなく、玄関のベルが鳴った。ドアを開けると、2階に住んでいるスミスさんが「ダイジョウブですか～」と声をかけてくれた。また、隣の棟の知り合いが「何か、お手伝いすることは?」と来てくれた。ほかにも何人も、それぞれのお宅が大変なのに気づかって訪ねてくれた。

当時夫は83歳、私は80歳だったが、まだふたりとも海外旅行に出かける元気があり、高齢者夫婦という自覚は薄かった。普段は挨拶程度の関係だったので、高齢者を気遣って駆けつけてくれた隣人がいたことは、うれしかった。近所の人たちとの間が急に近くなった。

翌日、ちょうど花盛りだった庭のピンク色のボタンの花を手に、声をかけてくださったお宅にお礼に回った。

バスドライバーのプレゼント――桜並木

高齢者住宅が建っている南大沢は、駅のすぐ近くにアウトレットパークと都立大学がある。先日、テレビ番組で「南大沢は住みよい街」として紹介されていた。坂が多いので、高齢者住宅のシャトルバスが1時間ごとに走っているのはとても助かる。バスは30人乗り。南大沢駅周辺には大きいショッピングセンターやレストランがあるので、大半の乗客が駅でおりる。

駅前通りの反対側にあるビルの4階には、各種のクリニックが入るメディカルプラザがある。高齢者は、車の通りが多い道を向こう側に歩いて渡るのは危険だ。

バスドライバーは親切に少し先でUターンして、メディカルプラザ前で、通院する人をおろしてくれる。

ある日。10時40分発のバスに乗り、多摩センターまで出かけた。駅前を過ぎて少ししてふと気がつくと、バスの中はがらんとして乗客は私ひとりになっていた。次の停車地の「多摩地区南部病院」までは少し距離がある。その間は、多摩丘陵の木々や街路樹が整備された自然が豊かな景色が続く。ぼーっと外の景色を眺めていたら、突然ピンク色の街路樹が目に飛び込んできた。

やや濃いピンク色の桜並木、次にやや薄いピンク色の桜並木が続いた。見事な景色にただただ見とれた。気がつくと、いつもと違う道路だ。ドライバーは、少し回り道して走ってくれたのだ。

多摩センターに着いた時「お花見をありがとうございました!」と、元気よく大きい声でお礼を言って下車した。

たったひとりの乗客に、今が満開の桜見物をプレゼントしてくれた。

思いがけないドライバーのやさしさに、心があたたかくなった。

メモリー

コロナの運び屋?——姉に最期に会いに

2021年7月、徳島県の鳴門市在住で98歳になる姉が、病院から退院して自

宅に帰って来たと電話があった。

退院時に、嫁と往診医、訪問看護師、ケアマネジャーを交えて、今後の対応について、最期を自宅で迎えるか、病院でか、など話し合いがもたれたという。姉は、3年来寝たきり状態で入退院をくりかえしていたので、その時が来たのだと思った。

昔、姉が鳴門に嫁いだ時は、両親も私や弟も徳島市に住んでいた。その後、父が定年退職して東京で再就職したので、家族も一緒に東京に移住した。

姉は「ひとりだけ鳴門に取り残された」と悲しんでいた。その思いをずっと引きずり、90歳になって発病後「私には誰も面会に来ない。淋しい、淋しい!」と訴えるようになった。嫁が世話をしていても、誰も来ないと訴えるという。

電話で、姉の耳元に「み〜ちゃん(美緒子)、しづこよ」と呼びかけると、「元気なの?」と姉ぶって反応する。妹の私の声はわかるのだ。

ひとめでも会いに行かなければと考え、東京↕鳴門往復フライトの手配をした。幸い航空券も入手できたので「明日行く」と鳴門に連絡し、出かける用意をしていると、電話のベルが鳴った。

姉のケアマネジャーからだった。「本人との面会は、ガラス戸越しに。家族と会うのも玄関だけで」と言う。在宅ケア組織内のルールだと言う。絶句した。病院では面会できないとわかっていたが、まさか自宅での面会まで規制されているとは思わなかった。私はワクチンを2回接種していたし、周囲にコロナ感染者はいないのにと、ひとりでしばし怒り狂った。やがて立場を変えて考えると、東京の人は「コロナウィルスの運び屋」に見えるのだろうと思えるようになった。残念ながら、姉は2日後に他界した。コロナにさえぎられ、会うことはできなかった。

県境を越える移動を避けるよう、小池東京都知事が毎日呼びかけている。他人事のように聞き流していたこのことに、やっと気がついた。

エメラルドの指輪

高齢者住宅の受付から、荷物が届いているので受け取りに来るよう連絡があった。友人から鳥取のさわし柿（西条柿）を送ったとメールが入っていたので、期待して降りていった。

荷物は、夏に他界した姉の嫁からだった。

数日前に、姉の遺品を送ると、電話があった。高齢者住宅の部屋は狭いから、何も送らないでほしい。アクセサリーはあなたが使ってと話すと、「坊守さん（姉のこと）の指はとても細いから、指輪は私の小指しか入らないのよ」と笑っていた。

徳島から届いた段ボール箱は、サイズは小さいのに、意外に重かった。アクセサリーを送ると聞いていたので、何が入っているのか不審に思いながら箱を開けた。

すきまにスポンジがビッシリ詰め込まれ、アクセサリーの小さい箱が5個、段ボールの底の方にがっちりしたビニール張りの冊子が何冊も重なって入っていた。これが荷物の重さの原因だった。冊子を開いてみると、それぞれのアクセサリーの保証書で、指輪やネックレスの石が本物であることを購入した店が証明していた。

姉は寺に嫁ぎ、住職の夫を助け、しゅうとの介護にも追われていた。アクセサリーをつけおしゃれをして音楽会や観劇に出かけることなど、とても考えられない暮らしぶりだった。ぜいたく品を自分で買うお金のゆとりもなかったと思う。

晩年に、やさしい義兄が姉の苦労をねぎらってプレゼントしたらしい。重い保証書には、アクセサリーを大切に思う姉の気持ちがこもっていた。

その中に、私が好きなグリーンのエメラルドの指輪があった。試しにはめてみたがかろうじて小指が入るだけで、これでは使えない。残念！　とりあえず引き出しの奥にしまった。スリムな体型の姪がきたら、指輪が入るか試してみよう。

秘めた姉の願い

２０２２年、コロナ感染が再び猛威をふるい始め、連日最高の感染者数が続いている。７月24日に徳島県に出かけた。前年夏には姉が98歳で他界しており、姉の一周忌の法要も行った。久しぶりに、姉の婚家先の親戚とも顔を合わせた。

その席で甥が思いがけず話し出したのは、５年前に姉が話したという散骨の願いだった。

「他界した夫の骨と姉の骨を一緒にして、福島市を流れている阿武隈川に散骨してほしい」と頼んだという。この話は一度だけだったらしい。もしかして、姉が私にもこの話をしたかどうか、甥は気になっていたという。

最近は、生前の思い出の深い海、山、川などに散骨を希望する人が多いと聞く。死後の魂の安らぎの場を、この世に求める気持ちなのだろう。

姉は、北海道旭川市で生まれ、その後、父の赴任先の福島市に移り、女学校に進学した。

姉が女学校4年生の時に、父は四国の徳島県に転任することになった。姉は音大受験の準備中でピアノを習っていた。それやこれやで、姉ひとり福島市に残ることになった。当時の女学校は、5年制だったので、13歳から18歳までの青春時代を過ごし、思い出がたくさん生まれた時期だったのだろう。後年、姉が徳島に嫁いだ後も、女学校時代の友人との文通が続き、わざわざ福島から徳島まで訪ねて来た友人もあったらしい。

自由で楽しい思い出が詰まった土地に、また還りたいと思ったのだろう。来世では、楽しい思い出がいっぱいある福島で、夫と一緒に過ごしたいと思った気持ちは理解できる。

姉の願いは私に届かなかった。せめてもの姉の気持ちに応えられなかったことが寂しい。

小学校の運動場

1930年に福島市で生まれた私は、父親の転勤のため小学3年生の時に四国の徳島市内の小学校に転校した。後に徳島市内の別の小学校に再度転校したので、親しい友達も楽しい思い出も作れないまま、小学時代を過ごした。

その中で今も思い出に残っているのは、最初に入学した福島市の小学校の運動場だ。隣の師範学校（教育大の前身）と共用だったので、広かった。運動場の向こうに並んでいたポプラが、遠くに小さく見えていたのが印象的だった。

夏休みのある日。7歳の私は、小学校の運動場で「軍馬の市」が開かれると聞き、ひとりで見物に出かけた。学校は自宅から5分くらいと近かった。運動場は2段にわかれていて、一段低くなっている場所の方が広い。そこに20頭くらいの馬が一頭ずつ杭につながれていた。昼休み時間中だったので、馬のそばには誰もいなかった。しばらく眺めていたら、救護所から白衣姿の看護師が出てきて、話しかけてきた。救護所は、怪我人（多分、馬に蹴られて？）が出た場合の備えだったのだろう。

私は小学3年生から高等学校までは徳島で過ごし、岡山の看護専門学校を卒業して看護師になった。病院での臨床看護を経て、徳島県立看護専門学校の専任教師に就任した。その3年後、父が定年退職し、その後の職場が東京になったので、家族そろって東京に移住した。

福島が近くなったが、なかなか訪ねる機会はなかった。

50歳を過ぎたころ、勤めていた日本看護協会が、公衆衛生看護学会を福島市で開催した。チャンスと思い、福島に出かけた。2日間の学会の合間をぬって、思い出の小学校の運動場を見に行った。どきどきしながら校舎の裏に回ると、目の前に懐かしい景色が広がった。

はるか遠くと思っていたポプラ並木は、すぐ目の前にあった。記憶とのあまりの違いに、場所を間違えたのかとさえ思った。

身体が小さい子どもにはとても広く見えた運動場も、案外普通の大きさだったのだ。がっかりした。それでも、小学生の時に見た景色の感動は懐かしく残っている。訪ねて良かった。

父の魚釣りの腕前

女学校一年生の時、父の転勤で家族は徳島市から、南部にある海沿いの町、日和佐に引っ越した。海亀が産卵にやってくる入江がある町だ。漁業が盛んなので、後継者育成や水産業者のための知識や技術を教える「水産（高等）学校」があった。父は旧制中学校に勤めていたが、水産学校の先生方に時々海釣りに誘われていた。

釣りの収穫は中小さまざまな魚だ。父が釣りから帰ると、母は庭にある水道で魚のうろこを取り内臓を出し、調理の下ごしらえをする。ぶつぶつ文句を言いながら、慣れない手つきで奮闘していた。

海が荒れている日は、父が帰って来るまで心配だった。波に揺られながら、船から岩場に飛び移るのだと、父は得意げに話していたが、家族は、帰って来るまで気がかりだ。

たまに、大きいチヌ（鯛）を釣りあげると、父は魚拓を作る。釣った魚に墨や絵の具を塗り、上に和紙を置いて魚の形を写し取る。できあがると魚拓を壁に貼り、自慢するのだった。

3年後、徳島市に転勤になった。やがて太平洋戦争が始まり、長い間、釣りどころではなくなった。


定年退職後、徳島市を離れて東京に移った父は、80歳を迎えたころより病気がちになった。今のうちにと、夏のある日、日光へのドライブ旅行に誘い、夫の運転で母と4人で出かけた。関越自動車道から沼田に入り、片品川に向かう。やがて山道に入り奥日光が近くなった所の、道路沿いにあった釣り堀でひと休みすることにした。

父が久しぶりの釣り竿を手に、針を投げ込んだ。そのとたん、大きい鱒を釣りあげた。日和佐で鍛えた腕前は、さすがだ。どうだ！　と得意そうな父の笑顔は、本当にうれしそうだった。

この旅を最後に、父の病状は悪化し、81歳で他界した。

「あの笑顔は今でも目に浮かぶね」と夫が懐かしんでいた。

徳島大空襲——焼け野原を生きのびて

第二次世界大戦末期のころ、15歳だった私は徳島市に住んでいた。敗戦色が濃厚になり、勉強できる状態ではなかった。学校の講堂は軍服の縫製工場と化し、毎日軍服のボタンの穴あけ、縁かがり、ボタンの縫いつけと手分けして働かされた。

夜になると毎晩、空襲警報が鳴り響き、熟睡できなかった。

1945年7月4日の夜中、空襲警報で起こされ、逃げる身支度を整えた。深夜1時過ぎに、大人たちのようすが慌ただしくなった。「高松市が燃えているようだ。向こうの空が赤いぞ！」。やがて米軍機の爆音が頭上に響き、「逃げろ！」という叫び声が飛び交った。

母と姉が、一緒に逃げようと私を促した。ところが、私は「今日は消火班の当番だから、学校に行く」と言い、学校に向かって走りだした。学校は家から5分と近かった。

無数の焼夷弾《しょういだん》が松明《たいまつ》のように燃えながら、ザアーッと大雨が降るような音をたてて降ってきた。途中、家々に逃げ込みながら、やっと学校にたどり着いた。すでに学校は燃え始めていた。急いで先生を探して走り回っていると「子どもがうろうろするな。防空壕に入れ！」と、消防士らしい男性に怒鳴られた。混乱する気持ちをおさえ、校庭の防空壕に逃げ込んだ。中には、知らない人たちが大勢入っていた。真っ暗な中で、夜通し近くに落ちる爆弾の音におびえながら過ごした。

翌朝、防空壕から出ると、徳島市内は全面焼け野原だった。とほうに暮れていると、向こうから歩いてくる父の姿を発見！　ほっとした。父と一緒に、家族を探しに吉野川へ向かった。人々は燃えさかる炎から逃れ、川岸へと走ったのだ。土手には大勢の人たちが呆然とした表情で座り込んでいた。その中に、家の防空壕から逃げてきた母と姉、弟、祖母を発見した。

翌日、家族は着の身着のままで三好郡の山奥に疎開した。

1か月後、日本の敗戦を告げられた。がっかりするというより、ほっとした。

私の青春時代は、混乱の連続だった。

つながりに恵まれた

92歳の私の足取りを振り返る中で、私の人生の基盤に強い影響があった、ミス・バーグスのことを思い出す。

彼女は英国人のキリスト教宣教師として、太平洋戦争前に来日し活動していた。戦時中は抑留されていたが終戦後も日本に残り、徳島県鳴門市と岡山市でキリスト教の布教に努めていた。スリムな体型で穏やかな印象の彼女は、口数は少ないが話しやすい雰囲気の人だった。

最初の出会いは、高校3年生の時。英語の弁論大会の準備のため発音指導を受けに、教師に連れられて会いに行った。

次の出会いは高校卒業後の進路を決める時。親に反発し、看護師になると言い張る娘に手こずった父が、勤め先の鳴門高校で英語を教えていたミス・バーグスに相談した。ナイチンゲールの国から来ているから、と思ったのだろう。彼女は、父を納得させた。

ミス・バーグスは岡山の看護専門学校でも英語を教えていた。東京での受験を考えていた私に、彼女は岡山の看護専門学校を勧めた。この学校に進んだことで、私の人生後半に大きな影響を与えた映子さんに出会った。そのきっかけは、岡山での受験を勧めたミス・バーグスによって生まれたのだ。また、在学中にキリスト教の洗礼を受けた時、ミス・バーグスは、教母[註]として支えてくれた。

40歳になってからの海外留学時には、大先輩たちが米国行きを勧めるのに反して、英国に決めた。これも、退職後にロンドンに住んでいた彼女の存在があったからだ。英国で学ぶ中で訪問看護・ホスピスに出会い、後半の私の人生は大きく転換していった。

18歳からずっと、ミス・バーグスのサポートで私の人生が開かれてきたことを、
今、しみじみと実感する。自分でがんばったと思っていた人生が実は、人びととのつながりに支えられ導かれてきたことに、改めて気づいている。
「つながり」に恵まれた幸運に、心から感謝。

【註】教母……キリスト教に入信する際、洗礼が行われる。その際、洗礼に立ち会い、洗礼名（クリスチャン・ネーム）をつけ、神に対する契約の証人となる。

〈参考〉所属宗派は 聖公会（立教大学や国際聖路加病院 他）

3章 伴侶に支えられて

ともに生きた日々

寂しさが癒された

結婚してもう60年以上になる。夫は3歳年上で、愛媛県で生まれた。私は徳島市で育ったので、夫婦ともに味付けも薄味を好み、言葉のアクセントもわかりあえる。出会いは友人の紹介で、短い交際期間を経て結婚した。結婚当時、夫は小学校の音楽専科教師として勤めていた。私は、看護専門学校の教員をしていたので、共働きだった。

結婚2年目に公団住宅の抽選に当選した。月島の1DKの住宅は風呂つきなので、銭湯に行かなくてもよくなった。念願の、ふたりのお城ができた。

そのころのある夜中、私は夢を見て、泣きながら目をさました。夫は、私の泣き声に驚いて目をさまし、どんな夢を見たのか話すように促した。幼い私が「お母さんは、私のことを可愛く思ってない!」と、泣きながら必死で母に訴えている夢だった。

姉とは7歳、弟とは6歳離れた3人姉弟の真ん中の私は、健康で元気な子だった。大正の終わりに北海道旭川市で生れた姉は、先天性股関節脱臼のため、脚をひきずって歩く障害を持っていた。母は、姉がつらい思いをしないようにと、いつも気を遣っていた。やがて弟が誕生すると、父は我が家の跡継ぎが生まれたと大喜びだった。

両親の関心は姉と弟に向けられ、私は、親に愛されていないと感じるようになった。思春期ころまで「お母さんは、私を愛していない!」と、泣きながら母に訴えることがたびたびあった。その思いが、深層心理に深く残っていたのだろう。夫は私の話をじっと聴いてくれた。「夫の心の中心に私がいる」と実感するうちに、私は夢を見て泣くことがなくなった。

子どもは敏感だ。私は寂しかったのだ。夫との結婚で心が満たされた時、心の奥深く閉じ込められていた心情（親に愛されていない）は、溶けてなくなってしまったようだ。

夫のやさしさに癒され、もう、悲しい夢は見なくなった。

終の住みかを選びなおす

長い人生の中で、何度も転居をくりかえす人もいる。我が家の場合は、結婚してから5回転居した。

結婚当初は、民間の木造アパートから出発し、2年後に月島住宅公団の抽選に、補欠当選したのはうれしかった。周囲は倉庫の多い環境だったが、それから5年後に、緑に囲まれた石神井公園団地を購入できたので、やっと我が家に住めたと実感した。ここに住んだ期間は、夫婦の人生の成熟期だった。

やがて、夫が定年を迎える時期になり、老後の生活を考え、引っ越すことにした。

住まいは1階、もしくはエレベーターつきにしようと思った。交通の便が良いこと、買い物もしやすく、公園が近く、病院などの医療機関がそばにあることなど、欲ばった条件で探した。眼鏡にかなったのが、練馬区の光が丘団地だった。幸いなことに1階の庭つき住宅が見つかり、ガーデニングの趣味が始まった。少し時間のゆとりができたこの時期は、長い人生の中で、最も暮らしを楽しんだ時期だった。

ここを終の住みかにと思っていたのに、突然の心変わりは「孤独死後の後始末の大変さ」を報じたテレビ番組だった。ショックを受け、夫婦で話し合い、80歳代で高齢者住宅に入ることを決断して、新しい暮らしになじんでいった。

入居後7年たち、夫が90歳を超えたころから、高齢者住宅内に設置されているクリニックに、休日や時には夜中もお世話になることが増えてきた。何時でも対応してもらえたので本当に助かった。

「ここに入れて良かったね。ここで暮らせて、幸せだよ」と、何度も言う夫の言葉は、実感がこもっていた。遅めの決断だったが、引っ越せて本当に良かった。

自分の家に住み続けられたら、それに越したことはない。しかし「終の住みか」を選びなおすことが、必要になる場合もあるものだ。

夫の配慮――思い出の品

結婚後に5回転居し、そのたびごとに、たまった不要物を整理してきた。それでも光が丘の住まいは、終の住みかと思って20年間も住み続けていたので、押し入れはどこもいっぱいだった。急に高齢者住宅に転居することになり、3LDKから1K（50㎡）への転居は、それはそれは大変なものだった。

何を手に取っても、思い出がいっぱいで処分できそうにない。ひたすら呆然と立ちすくむ思いだった。どこから手をつければよいか、とほうに暮れて夫婦で話し合った。

最初に友人たちに渡したい物を選び、受け取ってもらえるか聞いてみることにした。ピアノ、キーボード、旅行で買い集めた人形類、ベネチアングラスや英国製ティーカップ類など、どれも思い出いっぱいで、親しい人に使ってもらいたいかった。友人たちが受け取ってくれると聞き、本当にうれしかった。

木製の大きい本棚6棹の処分は難しかった。買い取りを打診したら、時代遅れだから買い手がつかないと断られた。区の処分場に相談し、手数料を払って引き取ってもらった。

手こずったのは、大量の写真アルバムだった。バサッと棄てるわけにいかず、シュレッダーでの思いがけない大作業になった。

妻は転居先の一部屋にいれられる量を考え、ジャカジャカ処分していった。夫は思い出をたどり、ていねいに仕分けしていた。引っ越し期日が迫っても、夫の部屋には捨てられない物が山のように積み上がり、最後はとうとう「便利屋さん」のお世話になった。

何とか高齢者住宅に引っ越して6年後のある日、妻が課題のエッセイを書いていて「思い出したい出来事・朝日社会福祉賞受賞」の具体的な情報を思い出せないとこぼしていたら、「トランクルームに押し込んである段ボール箱の中に、その時の新聞が入っているよ」と夫が言った。

妻は、その時の写真とトロフィーを持ってきていたが、大事な新聞の「記録」は、黙って夫が段ボール箱に忍ばせていたのだ。

大雑把な妻は、いつも慎重で思いやり深い夫に支えられ、助けられてきた。

太陽に感謝——元旦はチューリップ

高齢者住宅には広い菜園がある。入居時に1区画借り、その後もう1区画増やした。毎年春に、種苗センターから送られてくるカタログを見て、年間の花壇計画を立てる。

冬の花壇には、チューリップの球根を注文する。特にアイスチューリップは欠かせない。アイスチューリップは、球根保管時に冷蔵庫で温度処理を行い、人工的に冬の季節を体験させた球根だ。11月に植えると、お正月から1月中咲き続けるので、冬の庭が華やかになる。

12月中旬に、待ちに待ったアイスチューリップが段ボール箱に入って届いた。球根は鉢に植えられていて、白い芽が1㎝ほど顔を出していた。いつも到着後すぐ植えるが、雨続きでなかなか植えられない。段ボール箱に光が入らない方がよいと思い、新聞紙でふたをした。3日目に箱をのぞいてみたら、白いアスパラガスのように芽が20㎝ほど伸びていて驚いた。

とほうに暮れていると、夫が種苗センターに電話し相談してくれた。「球根はなるべく太陽にあてるように。雨続きでもベランダに出すように」とのアドバイス。「雨の日も太陽の光は地上に届いている」のだった。

やっと雨がやみ、ひょろひょろのアイスチューリップを花壇に植えた。3日たち、恐るおそる様子を見に行くとうれしいことに、白いアスパラガスのような芽は、立派な緑色のチューリップの葉っぱに変化していた。太陽の力はすごい。夫のサポートに感謝。

2020年元旦、我が家の花壇は、赤、黄、ピンク、色とりどりのチューリップで飾られた。ブラボー！ 太陽の恵みと、チューリップの生命力に感動した。

トイレものがたり

高齢者住宅のトイレは約3畳の中に、洗面台と洗濯機と一緒に設置されている。便器は自動排水方式で便利だし便座も温かい。

ところが2年前から便座の温度調節が狂ってきた。いつも温かいのではなく、毎日1～2回冷たくなる時がある。夜中にトイレに起きた時、便座が〃ひやっ〃とすると頭にくる。施設係に相談すると、外部の業者に修理を依頼してくれた。やってきた業者は、あれこれチェックし、どこも悪くないと言う。結局、新しい便座に取り換えた。

これで安心と思ったのもつかの間、また〃ひやっ〃とするようになった。しかたなくがまんしている間に施設係が転勤し、60代のベテランスタッフが担当になった。非常勤だが20年来ここに勤めているという。「故障は、ずいぶん前からですね。便座を換えましょう」と言った。

届いた製品は前のI社でなく、T社の製品だった。便座のふたの開閉は自動式だ。トイレに近づくと、ピッと音がして便座のふたがす～っと開く。便器の中は明るい光に照らされてまぶしいばかりだ。もちろん便座は温かく気持ちがよい。「良かったね」と喜んだ。ところが、洗面や洗濯に出入りするたびに便座のふたがピッと反応し、す〜っと開くので、洗面所への出入りがわずらわしくなった。便利な機能も、環境や暮らし方によっては、かえって邪魔になる。

翌日、買い物から帰ると、夫が便座の使用説明書を手に、T社の「お客様相談室」に電話している。机の上にはトイレのリモコンが置いてあり、電話の指示に応じて操作している。ついに便座のふたの「オート開閉機能」を止めて、手動に切り替えることに成功！　もうふたが、ピッ！　す〜っと、勝手に開かなくなった。

2年におよんだトイレトラブルは、ついに解消した。

トイレは、心の安らぎに欠かせない大切な場なのだ。

心のゆるみ——夫の誕生日に

9階の我が家の前の、菜園をはさんだ向こう側に、多摩丘陵が連なっている。

早春の今は、雑木林の木々が芽を吹き始め、丘陵は淡い緑色や薄茶色に覆われている。

多摩丘陵を眺め、暖かい日差しを浴びてぼ〜っとしていた時、ふと「肩の力が抜けてる〜」と感じた。同時に、今まではず〜っと肩に力が入っていたなと気がついた。高齢者住宅に入居して6年目になっていた。

84歳で高齢者住宅に移った時は、これで安心とほっとした。でも引っ越しは本当に大変で、とても疲れた。その影響か、入居直後に大腸がんが見つかり手術を受けた。さらに翌年、夫が菜園で転倒し1か月以上入院した。そして3年たったころにやっと、ここでの暮らし方に慣れてきたなと感じられるようになった。

入居者が300人あまりの大型施設なので、人間関係はあっさりしている。入居時に記入した個人情報はしっかり保護されているし、入居者どうしもあれこれ詮索しないのでわずらわしい人間関係はなく、ゆったり時が流れている。

朝10時すぎに、生活サービスフロントから電話がかかってきた。私が出ると、夫と話したいと言う。何だったの？　と聞くと、「うん、ちょっと下に行ってくる」と出ていった。

帰ってきた夫が手に持っていたのは「バースデイカード」だった。しまった！　忘れていた。今日は夫の93歳の誕生日だったのだ。肩の力が抜けすぎ、私の心がゆるんでいた。

ここでは入居者それぞれの誕生日に「職員一同から」とカードが贈られる。喫茶コーナーのケーキとコーヒー券つきだ。

うっかり忘れていたと謝ると、夫は、誕生日はうれしくないと言う。確かに年々、身体のトラブルが増え、行動範囲が狭くなっている。

つれあいの私は肩の力を抜きすぎないようにしなければ、と反省した。

やさしさに癒されて――大変な1日

看護師の大先輩である大森文子さんが「健診にはお金をかけなさい」とよく友人たちに話していた。若いころには軽く聞き流していたが、後期高齢者になってからは奮発して毎年、がん専門病院に併設する健診センターで健診を受けることにしている。おかげで私の大腸がんはゼロ期で発見され、手術で無事摘出した。

夫が85歳の時に、PET検査（陽電子放出断層撮影）で動脈瘤が見つかった。何十年間も循環器専門医にかかっていたのに、発見されなかったのが悔しい。85歳を過ぎてからの手術は難しいので、何か他の治療方法はないかと悩んだ。セカンドオピニオンを聞くため、心臓病の治療で有名な榊原記念病院を受診した。結果は「現状維持でようすを見る」ということで10年が過ぎた。

2021年11月、95歳になった夫が高齢者住宅のクリニック受診中に急に気分が悪くなり、榊原記念病院で診てもらうよう主治医が連絡してくれた。10年前の受診記録が役立ち、救急外来受診を受け入れてもらえた。

救急車で駆けつけ午前11時すぎ、治療方法の検討のため入院と、決まった。

それから病室が決まるまで時間がかかり、看護師が家族の私に面談を始めたのは、午後8時を過ぎていた。安堵と疲れからか「私、まだお昼ご飯食べていないの」とつい愚痴った。すると若い看護師は気の毒がり、待合室の給湯器から小さい紙コップに麦茶を入れて持ってきた。一気に飲み干すと、2杯目、3杯目とお代わりを運んでくれた。

面談も終わり、帰ろうと病院玄関に行くと、玄関の自動扉はすでに閉まっていた。うろうろしていると「力を入れて扉を引っ張って」と守衛さんの声がどこからか飛んできた。がんばって力いっぱい引っ張ると、やっと扉が開いた。

タクシーに乗り、少し遠いけれどと言うと、「遠回りしない道を選びます」と年配のドライバーがやさしかった。

大変な1日だった。看護師、守衛さん、ドライバーの気づかい、やさしい声かけにほっと気持ちがゆるみ、車の中で涙がにじんだ。夫は病室で眠れるかなと心配しながら、床に就いた。

それでも3日間で退院できたのは幸いだった。

「おせち」は間に合わなかった

コロナ感染症拡大の中でワクチン接種を2回受け、高齢者住宅での暮らしはのどかに流れていた。ところが6月ごろから、夫の目の表情が変わったと感じるようになった。

目が細くなり表情が変わったけれど、年をとったから目も細くなったのかなと思っていた。目が細くなるとともに、頭がうつむき加減の姿勢になることが多くなった。その2週間前には血圧が下がりすぎて、土曜日にクリニックを緊急受診する騒ぎもあった。

一方、外出しての買い物がままならないご時世で、私の楽しみはデパートの通販カタログでのショッピングだ。10月なのにもう分厚いおせち料理のカタログが届いた。時代を反映して少人数用のおせちも増えている。「なだ万」や「美濃吉」などの名店も、少人数用の「一段」のおせちを出している。どうしようかな？と悩むのも楽しい。

そのような中、夫の病状（動脈瘤）が悪くなり緊急入院したが、内服薬の調整だけで3日間で退院できた。そんなある日ふと夫の顔を見ていて、あれ？とびっくりした。目がパッチリしている。気のせいかなと思ったが、翌日も翌々日も以前の夫の目が戻っていた。姿勢も背を伸ばしているし、動作も活発になった。

不思議だ、どうしてかな？　と思って気がついた。先日の入院で薬が調整され、毎日飲む内服薬が1つ減った。それからひと月たって、心臓が元気になったのだ！　油断はできないがうれしい。夫も、元気になったことを喜んでいた。

まだ間に合う。急いでパソコンを立ち上げ、デパートの通販カタログを見て、高い方の一段重おせちを奮発した。大晦日が楽しみだ。

ところが、「その時」は本当に突然だった。おせちは、間に合わなかった。

夫は自分で幕を引いた

12月20日の午後2時すぎ、夫が「ちょっと歩いてくる。ひとりで行く」と言い残して、歩行器を押して出かけた。高齢者住宅の廊下を散歩するのかな、と思った。夫は私が何かと世話を焼きたがるのを嫌がり、自分でできるのにと、よくこぼしていたから。

しばらくして、夫は満足した表情で帰って来た。

生活サービスフロントのスタッフや、玄関の受付、クリニック、ケアセンターの方たちと久しぶりに会い、何げない言葉を交わして回ったのだ。

その日の夕食は高齢者住宅の食堂で「尾頭付き金目鯛の煮付け」を珍しく少しも残さず、「おいしい」と言って食べた。自宅に戻り、ソファーに腰かけてくつろいで私も横に座り、一緒にテレビを見ながら雑談した。

夕食後の薬も飲み、そろそろ寝る時間になった時、夫が子どものころの話を始めた。

多分10歳のころ、愛媛県大洲市から少し奥に入った禊《みそぎ》町に、父親の弟が住んでいた。その家にお使いに行かされた時に、庭の柿の木に登り実を取って食べた腕白ぶりを、楽しそうに話した。叔父は「美之《よしゆき》、よう来たのう。ゆっくりして昼を食べて帰れ」と言い、叔母が、粉からうどんを打ってくれた。いつも大歓迎してくれたと懐かしんでいた。

そして話し終わった夫は「聞いてくれてありがとう」と言った。今までに何度も聞いた話なのに、え？　と少し気になった。

それから夫はパジャマに着替え、ベッドに横になった。

明け方の5時ごろ、いつものように蓄熱式湯たんぽを温め直し、寝ている夫の足元に入れた。ふと、足が冷たいなと気になった。

朝8時、もう起こそうと思い「血圧を測るよ」と声をかけた。向こう向きに寝ている身体を上向きに直そうと手をかけた時、夫はすでに亡くなっていた。

その顔はいたずらっぽい笑みを浮かべているように見えた。「やぁ〜い気がつかなかっただろう」という声が聞こえそうだった。

「ひとりで幕を引いた」のだ、そうしたかったのだな、と感じた。

クリニックに出勤したばかりの医師が来てくれて「そんなに近くにいても、気がつかなかったの?」と、呆然と座っている私に声をかけた。医師と私の沈黙の会話には「強い痛みが出なくて良かったね」という気持ちがこめられていた。

前日、夫が何げない言葉を交わして回った翌朝に突然の別れが来たことに、高齢者住宅のスタッフは皆、信じられないと驚いていた。

夫は自分で、ひとりで、静かに、人生の幕を引いた。心がやさしく、強い人だった。

「神、ともにいまして、行く道を守り……」黙祷。

ひとりになって

あたたかい贈り物——初雪の日に

目の前に広がる多摩丘陵の木々は、いつのまにかすっかり葉を落とし裸になった。今まで見えなかった丘の上の道を歩く人々の姿が枝越しに見えるようになり、楽しい。

2022年1月6日、今朝は薄くもやがかかったように景色がかすんでいる。目をこらして見ていると、時々白いものがふわ～っと舞っている。雪かな?と思っていると本格的にわ～っと粉雪が舞い始めた。今年初めての大雪だ。

外は零下2度で震える寒さ。我が家にはエアコンが2台、ベランダ側と中の部屋についているが、1台だけでじゅうぶん暖かい。それと言うのも、つい2週間前にお掃除してもらったからだ。

昨年12月に入り「今年一番の冷え込み」と予報される日々が続き、毎日エアコンをがんがんつけるようになった。それなのに「暖かくならないね」と、夫がエアコンを眺めて嘆く日々が続いた。前の年に、エアコンの掃除をしてもらったのに、設定を31度に上げても寒い。

東京都のコロナ感染者数が一けたになってから、高齢者住宅の警戒レベルも下がった。宅急便も、入居者宅の玄関まで配達してもらえるようになっていた。それならエアコン掃除を外注できるかなと相談すると、OKが出た。早速、去年頼んだMサービスに夫が電話し、1週間後の掃除を予約した。

ところが、予約日の3日前に突然「夫との別れ」が訪れた。一時はエアコン掃除を断ろうと思った。「断るべき」とも思った。だが、多分、夫は喜ばないな、と感じた。幸いお別れの日まで、夫は特別の会議室で眠らせていただけた。

予約日に来たMサービスの担当者は、玄関口で事情を聞いて絶句し、固まった。電話の夫の声を覚えていたのだ。

エアコン掃除の後は、28度に設定しても、じゅうぶん暖かくなった。良かったね、と、写真の目が笑っている。

「嬢ちゃん婆ちゃん」流——母からの大島紬

いつのころからか私たち姉弟は、母のことをからかって「嬢ちゃん婆ちゃん」と呼ぶようになった。面と向かって言うのではなく、姉弟どうしで話し合う時にふざけてなかば愛称のように使っていた。母は年配者のように気を遣わず、世間知らずのお嬢さんのように、思ったことを率直に口にしてしまうのだ。

母は北海道で、九人姉弟の真ん中に生まれた。小柄で、特に美人ではないが可愛い顔つきをしていた。私が結婚した時に「息子ができてうれしい」と、挨拶にみえた夫の両親に話した。そばにいる姉はハラハラしているが、嬢ちゃん婆ちゃんはただ自分の気持ちを思うまま率直に口にしただけだ。後で注意した姉に「何が悪いの」と、噛みついていた。娘を嫁に出したのだから「至らぬ娘をお願いします」と頼む立場だ、それなのに、と姉はあきれていた。失言と思わない嬢ちゃん婆ちゃんらしい一面だ。

両親は、長男家族と孫2人のにぎやかな生活を送っていたが、父が80歳近くなったころから、病気がちになった。家にこもりがちの両親を、私たちは、伊豆や日光の温泉に誘うようにした。ふたりとも、ドライブ旅行をとても喜んでくれた。

特に嬢ちゃん婆ちゃんは、ドライブに連れ出す夫をとても気に入り、大枚はたいて大島紬の着物と羽織を仕立ててプレゼントしてくれた。着物が大好きだった彼女らしい精いっぱいの感謝の表し方なのだ。せっかくの上等な着物は、「お誂え」と書いてある「たとう紙」に包まれたまま、ずっとたんすの奥にしまわれていた。

年末に急逝した夫との別れの時に、ケアスタッフから「お着せする物は?」と聞かれた。急いで大島紬の着物を取り出すと、まだしつけ糸がついたままだった。濃い藍の着物が良くにあっているねと、お通夜に訪れた友人たちが、夫の姿をほめてくれた。それを聞いて、得意そうな嬢ちゃん婆ちゃんの顔が、目に浮かぶ。

隠れグリーフ(悲嘆)――片付け

夫が急逝してから、2か月ほど過ぎた。その間、親戚や友人への挨拶やもろもろの手続きに追われて過ごし、遺品の片付けをしなければと思いながら、手がつけられないでいた。

亡夫の衣類は、救世軍（キリスト教・社会鍋活動）のバザーに寄付しようと思ったので、コートや背広などはクリーニングに出した。セーター6枚は、自宅で洗濯することにした。

洗濯機に入れようとまとめて抱えたとたん、亡夫の体臭がフワッと漂い、胸が詰まった。夫は、身なりを構わないタイプだったが、好みははっきりしていた。色や肌触りなど、好みを聞きながらセーターを買い揃えた日々が思い出された。

紳士服の「青山」の黒いダブルの背広は、大枚はたいて出かけた欧州オペラツアーのために「正装に見えれば良いから」と1万円台で買ったものだ。これはずっと取っておこう。

その昔、訪問看護を学ぶために英国に留学した時に、ロンドンで紳士服の生地を買って帰った。自分の目的で何年間も留守をした罪滅ぼしのつもりだった。日本で知人の紳士服店で仕立ててもらった一着。亡夫も気に入って、満足げに愛用していた。これも手元に残しておこう。

救世軍に宅急便で送るため、高齢者住宅の中にある売店で、１m×60㎝×40㎝の大きい空き箱を見つけた。「ひとりで運ぶのは大変だから、手伝いますよ。言ってね」とのスタッフの声はうれしかった。手伝ってもらい台車で運び出した後は、宅急便の車を待つだけだ。大仕事を終え、ほっとして自宅に戻った。

少しほほえみを浮かべている遺影の前に座り、「やっと救世軍に送ったよ」と言おうとしたとたん、急に激しい悲しみがこみあげてきた。声をあげて泣いた。まったく予期しない感情の爆発だった。

心の奥深く閉じ込めていたグリーフ（悲嘆）が遅ればせに吹き出し、涙が止まらなかった。

心のカーテンを開けて

朝起きるとまっさきに、さ〜っと窓のカーテンを開けて外の景色を眺める。今日は雪に覆われた白い富士山の頂が見えるかな、と期待する。つぎに下の花壇を眺め、風に吹かれて倒れている花はないかなと見回す。よしよし花たちは大丈夫と安心して、窓際のソファーに座った。

ゆったり寄りかかって何となく窓のカーテンを見て、あれっ！　と気がついた。カーテンがいつものように開いていない。我が家はベランダに面してガラス戸が5枚並んでいる。そこに白い薄いカーテンと、裏地つきの花模様の厚手のカーテンを二重にかけている。いつもはカーテンを左右にめいっぱい広く開ける習慣だ。ところが今朝は、左側の白いカーテンが2枚目のガラス戸を覆ったまま止まっている。いつもと同じように広く左右に開けたはずなのに。上の空でカーテンを開け「心がついていかなかった・心のカーテンが閉まっていた」と感じた。しばらくぼ〜っと、カーテンを眺めていた。

夫が急逝してから70日。慌ただしくもろもろの手続きを終え、少し時間のゆとりがあるようになった。南大沢は都心より寒く、冬になるとガラス戸にびっしり露がつく。そのため白いカーテンが湿って黒いカビがついている。

そうだ、気分転換にカーテンを作りかえよう。8年前、練馬からここに引っ越した時に急いでカーテンを作ってもらった店の電話番号が、スマホに残っていた。電話をかけると、懐かしい声が「高齢者住宅のカーテンサイズを保管していますよ」と答えてくれた。夫も気に入っていたから、彼に頼むことを喜んでいると思う。

真っ白いカーテンが、カビだけでなく、無意識にふさぎがちになっている心の陰を、振り落としてくれるはずだ。

新しいカーテンが届いたら、毎朝、手に力を入れて、左右にカーテンを開けよう。

初めての誕生日プレゼント

最近は、どこの家でも、子どもの誕生日会を盛大に行っているようだ。ケーキのキャンドルの火をうれしそうに吹き消す子どもたちのようすを、テレビでよく見る。私の幼少期には、誕生日を特別に祝ってもらった記憶はない。昭和前期は日本が戦争に明け暮れていたので、庶民は心も経済的にもゆとりがなかったのだと思う。

そんな状況でも我が家の両親は毎年クリスマスには、3人の子どもたちにそれぞれプレゼントを贈ってくれた。クリスチャンではなかったが、毎年サンタクロースがやってきた。子どもたちに夢を持たせたかったからだと、後で両親が説明してくれた。サンタクロースのプレゼントは、子どもへの両親の熱い思いだったようだ。

結婚してから、妻は夫の誕生日に毎回カードとプレゼントを贈るようにしたが、夫はあまり感動しなかった。大体、夫は妻の誕生日を覚えていなかった。「今日、私の誕生日よ」と言うと「おめでとう」と答えて終わりだ。

6月の私の92歳の誕生日の朝、「お花が届いています」と受付から電話がかかってきた。急いで降りていくと、淡い黄色、藤色、ピンク色など、それはそれはきれいな花が山盛りの花籠が届いていた。心理療法士の友人からだった。前日にはかつて仕事を手伝ってくれた若い、といっても65歳の仲間が訪ねて来て、赤の縁取りの白バラの花束をプレゼントしてくれた。部屋中に花の良い香りが漂っている。お祝いのメールも、何通も届いている。

今年の誕生日が特別にぎやかなのは、昨年12月に夫が他界しひとりになったので、友人たちが心配してくれているからだろう。間接的な夫からの誕生日祝いだと思った。

その夜、花の香りに包まれて眠っていたら、夢の中に夫がやってきた。夫からの「初めての誕生日プレゼント」だった。

「お連れ様の分もどうぞ」——飛行機にて

コロナ感染者数が日々増加し続けるニュースを見て、亡夫の納骨の日を決めかねていた。四国の鳴門のお寺なので、飛行機での移動だ。私は心配性なので、遺骨のために予め申請が必要かな、余分に1席予約する必要があるかなと、あれこれ考えて問い合わせていた。7月に入って、コロナ感染者数はますます増え続けている。それでも新盆までには行った方がよいと思い、7月24日に行くと決めた。

遺骨はかなり重くて、私ひとりではとても運べそうにない。ここは男性の力が必要だと、札幌にいる甥に同行を依頼した。羽田から徳島県鳴門への日帰りは、早朝出発し夜遅く帰宅することになる。体力的に無理だと思い、羽田空港直結のホテルに2泊した。

葬儀会社が用意してくれた緑色のバッグに入れた遺骨を、甥は片手で運んでくれた。

羽田空港の変化はすごかった。2年前に行ったことがあるが、今回は、チェックインも荷物預けもすべて機械が受け付ける。航空会社のスタッフがいるカウンターも見つからない。時間は迫るし慌てた。林立しているチェックイン機械（高くて人が隠れて見えない）の間に立っているスタッフを、やっと見つけた。事情を話すと、手早くふたりのチェックインを入力し、遺骨は機械を通さず抱えて通るようにと言われた。

　時間になり航空機に乗り込むと、客室乗務員が、遺骨を隣の席に置くように言い、シートベルトで固定してくれた。隣の席を確保してくれていたと感じた。

　離陸し水平飛行に入り、飲み物が配られた。アイスコーヒーを頼むと「お連れ様の分も、いかがですか?」と。席が離れていた甥にも、お連れ様の分をと勧めたと言う。チェックイン時にサポートしてくれた地上スタッフが情報を入力し共有されたのだとピンときた。この情報は徳島空港のスタッフにも届いていた。情報伝達の速さと、やさしい気配りに感動した。

　不安でいっぱいの気持ちは、プロの方々の気配りであたたかく包まれた。

4章 道をひらく

訪問看護・ホスピスケア

英国で学ぶ

初めての海外研修旅行

海外研修旅行「イギリスの看護を訪ねて・ナイチンゲールの国で学ぶ」に出かけたのは1969年、39歳の時だった。当時まだ海外研修旅行は珍しかった。先に夫が教員の海外研修旅行でヨーロッパに行き、良かったからチャンスがあったら私も行くようにと勧めていた。

看護の研修、それも英国看護協会の「看護教育方法」を学ぶ研修旅行だったので、なかば好奇心で出かけることにした。旅行期間が20日間と長く、休暇を取り

にくかったので応募者はわずか7人。

ロンドンのヒースロー空港に到着し、何もかも初めての珍しい環境にうろうろしている時に大ショックが告げられた。宿泊はホテルではなく、7人は3グループに分かれてホームステイすることになっているというのだ。不安を訴える私たちに、添乗員は「宿泊先の家族とできるだけ英語で話す努力をするように」と告げた。

私は最年長の助産師とふたりでホームステイすることになった。

私たちの宿泊先は、ロンドン中心部から地下鉄で5駅のクロムウエルロードにあった。住宅街で、2階建ての可愛い家が並んでいた。庭はきれいに手入れされ、バラが咲いていた。

40代と思われる若い夫婦が、幼い娘と一緒に私たちを出迎えた。2階の寝室が私たちの部屋だ。夕食は、家族と一緒に下の部屋で。食事中、夫婦それぞれから話しかけられるので、それに何とか答えながら食事を飲み込む。助産師は、ローマ字のサインもあやふやな状態だったので無言を通した。

私は昔、高校で学んだ英語を懸命に思い出し孤軍奮闘した。「おや？　私の英語が通じた！」この驚きが、その後の運命を開くきっかけになった。

研修会場の英国看護協会はロンドンの繁華街、オックスフォードサーカスのすぐ裏にあった。研修担当の先生の父親の趣味がトンボだったので、「日本トンボ学会」と親しいつながりがあった。そのため先生は日本人に好意的だった。日本を理解し協力してくれる人との出会いは、とても心強かった。

この旅行で生まれた人間関係と、かつて学んだ英語力の目覚めは、英国で学ぼうとする私の意欲を大いに刺激した。楽しもうと好奇心いっぱいで参加した海外研修旅行は、思いがけず、私の新しい人生を切り開く土台となった。

私の負け——内気な留学生

英国看護協会の「看護教育方法研修コース」で学んだ後、さらに大学でも学びたいと思い、研修コース担当の先生に紹介してもらった。

3年後の1973年にスコットランドの首都にあるエジンバラ大学で看護管理を学ぶため、40代なかばで留学した。ここは1583年に設立されて長い歴史をもつ、英国で初めて看護学部を開設した大学である。

「看護管理コース」の留学生は、オーストラリア、マレーシア、ギリシャ、それに私の4人だった。

オーストラリア人のジュディは、50歳を過ぎていたが向学心旺盛だ。マレーシアからのサラは、私より若く、また母国での看護教育を英語の教科書で学んだので、英語は達者だった。

ギリシャの留学生ステラは30歳ぐらい、4人の中で最も若くて明るく活発だ。アテネにある看護専門学校の教師で、長い髪の美女。「アテネは暖かく海はきれいなブルーだけれど、スコットランドの北海は灰色で、こんなところで海水浴ができると思えない、早くアテネに帰りたい」といつも寂しがっていた。英語力は私と同じで、他のふたりよりかなり不自由だった。

看護専門科目の授業は、教師と留学生4人で自由に質問しながら進められる。この授業形式に慣れていないし、英語力も不足だった私は終始、聞き役が多かった。各講座終了時に担当教師の個人面接が行われるたびに「あなたはグループディスカッションへの参加度が低い」と指摘された。

ところがステラはすごい。話す言葉が整っていなくても、とにかく発言したいと身を乗り出し「あ〜っ」と声を出す。他のメンバーはステラの発言したい気持ちを察して、言葉が出るまで待っている。ステラは言葉より、発言したい気持ちをとにかく身を乗り出して表現するのだ。

ギリシャ人気質に負けた。うまく話せなくても「話したい気持ちを態度で示す」ステラの積極性に負けた。英語が苦手で内向的な日本人留学生は、いつも出遅れた。

ミスター・スミスのやさしさ――訪問看護実習

エジンバラ大学に留学して看護管理を学んだ後、ロンドンで訪問看護の研修を受けた。North London Technical College の「訪問看護研修コース」では、5~6人の訪問看護対象者を受け持つ実習が含まれていた。実習地は、ロンドン北部のイズリングトン。私は車の運転ができなかったので、歩いて訪問できる下町の住宅密集地が選ばれた。

受け持ち対象者のひとりがミスター・スミス、78歳の単身者だった。

初回訪問の時に、ブルーの訪問看護師のユニフォームを着て彼の家の近くを歩いていると、見知らぬ高齢女性が「あなたがミスター・スミスの今度の受け持ちなの？　彼は今酒場に行っているので、家にいないよ！」と声をかけてきた。彼は近所で有名人なのだ。

自宅で待っているとやがて帰って来た初対面の彼は、アルコールが入った真っ赤な顔をしていた。少しおびえながら自己紹介をすると「僕は、屋根のある家に住んでいるから浮浪者じゃないよ」と言った。それが彼のプライドなのだ。家の中には、ベッドの他に、質素なクローゼットが1つあるだけだった。ベッドの下には、お酒の空き瓶が林立していて、びっくり。

訪問看護実習では、問題が改善したことを示さないと、合格点をもらえない。ミスター・スミスの問題は、糖尿病のコントロール不良、家庭医の受診をサボったため服薬中断、電気料金未納で電気を止められロウソクでの生活、だった。

私は、処方箋の入手、電気の回復など、合格点をもらえるよう奮闘した。

何回か訪問したある日、ミスター・スミスは「君に確認してほしいことがあるんだ」と話し、リコーダーを取り出した。彼は、なんと「君が代」を吹いたのだ！「小学生の時に同盟国（第一次世界大戦）の国歌を覚えさせられたのさ。これで合っているかい？」と得意そうに聞いた。

皆にあきれられている彼の、心の中にある「やさしさ」を感じて、涙が出た。たどたどしい英語で異国で必死に奮闘する日本人ナースへの、ミスター・スミスの思いやりは、今でも忘れられない。

訪問看護をはじめる

大学病院からの試行

1975年の帰国後、以前の職場である大学病院で、訪問看護を試行させてもらえたのは幸いだった。日本では訪問看護はまだ制度化されていなかったが、新しい試みを、当時の病院長が許可してくれたのだ。

病院外来に「訪問看護開発室」を設け、関心のある医師や看護師長から少しずつ訪問看護の依頼が届くようになった。

訪問看護の効果が現れた

訪問看護で関わっていても、看護によって生じたプラスの変化を、訪問している患者さんの自覚症状だけでなく、データで証明するのはかなり難しい。

73歳の板橋さんは肺気腫がかなり進行し、呼吸器科の岡安大仁教授の外来に通院していた。岡安教授から板橋さんの訪問看護を依頼された私は自宅を訪問し、排痰ドレナージ方法や呼吸法、また日常生活上の注意などを行っていた。

ある日、岡安教授から呼び出され「訪問看護では何をしているの？」と聞かれた。何か叱られるのではとビクビクしていると「何年間も、薬の処方も治療法も変えていないのに、最近、板橋さんの検査データが良くなった。新しく変えたのは、訪問看護が入ったことだけなので、何をしているのかなと思ってね」と続いた。

板橋さん宅を訪問した時には、痰がきちんととれているか、胸に聴診器をあててチェックする。痰が残っている音が聞こえれば、座布団や枕などを使って、排痰しやすい姿勢を板橋さんと相談して修正する。水分摂取量を確認したり、気になっていること等も話し合う。自宅を訪問しての看護だから、時間に追われずできることがある。

訪問時にしていることを詳しく話すと、岡安教授は「外来診療時に指導するだけでは駄目なんだね」と言われた。

訪問看護の「効果」が外来診療での検査データに現れたと手ごたえを伝えられ、その後の訪問看護への意欲は大いに高まった。たとえデータで示すのが難しくても、訪問看護をがんばろうと、心に決めた。

その後、岡安教授は、何人もの患者を、訪問看護に依頼してきた。

「お母さんのお母さんになって」

最重度の脳性麻痺児、3歳のさとる君の訪問看護を、脳性麻痺児の専門外来を開設して診療していた小児科医から依頼された。障がい児福祉がまだ整わないころだ。

「お母さんのお母さんになって」が、訪問看護の依頼理由だった。

最初の訪問日、さとる君は菱形に置いた座布団に寝かされていた。その横で、32歳のお母さんが、1歳4か月になるさとる君の妹に、遅い昼食を食べさせていた。

「さとる君こんにちは」と声をかけると、う〜う〜と反応した。手も足もだら〜んと反応がないさとる君を膝に抱き上げて、そのままお母さんと話していたら、私の膝がぬる〜くなってきた。あっ！ と気がついてさとる君をおろして見ると、膝にはぬれた地図ができていた。さとる君のオムツはぐっしょりぬれていた。

お父さんは、自宅のすぐ隣の工場で働いている。忙しそうで、なかなか訪問時に会えない。下の女の子をとても可愛がるが、さとる君の世話はまったく手を出さないという。さとる君はコップ1杯の牛乳を飲ませるのにも、むせやすくて30分もかかってしまう。何かと時間がかかり、オムツがぬれてもすぐ取り替えられないのだろう。さとる君のお父さんは、お母さんに「さとるはお前が産んだ子だ！　自分には責任がない」と言うらしい。

ある日、病院で仕事をしていた私に、お母さんから突然電話がかかって来た。「看護師さ〜ん、さとるを連れて、家を出て来ちゃった」と。家出だ！　もう晴天の霹靂だ。慌ててお母さんとさとる君に会いに行くと、福祉のケースワーカーが手配して住まいは確保されていた。家族は崩壊し、さとる君は施設に入所することになった。

本命はさとる君を親もとで暮らせるようにサポートすることだったのに、的はずれになってしまった。介護だけに目を向けてしまい、問題の全容が私にはよく見えていなかったのだ。

「お母さんのお母さん」にはなれなかった。

主治医への覚悟のメモ

内科病棟の看護師長から「糖尿病のコントロールができず、救急車で駆け込むことをくりかえすから」と、85歳の佐藤氏の訪問看護を依頼された。工務店の経営は長男に譲り、妻と長男家族との3世代でにぎやかに暮らしている。

妻は夫の言うままなので、食事療法は嫁が行っている。初回訪問の帰りに玄関から出た時、嫁がそばに来て、いかに大変かをめんめんと話しだした。カロリー制限を考えて食事を用意しても、妻に買って来させた大福や饅頭を枕元に置き、夜中に食べる。検尿時は尿を水で薄めるし、外来受診日が近づくと、検査値が下がるよう急激に節制すると言う。

毎週訪問を続けるうちに次第に血糖値が上昇し、危険値に近づいてきた。私は、主治医と直接話したことはなかったが、佐藤氏の外来受診に立ち会う時間調整が難しかったので、危険な状態をメモに書いて外来カルテにはさんでおいた。夕方、期待をこめてカルテのメモを読むと、予想外の返事が書いてあった。

「私は、患者との関係を大事にしています。外来受診時に佐藤氏の言うことを信じます」と。私は頭が真っ白になった。当時（1980年ころ）は医師の方針に看護師が反論することなど、まったく考えられない時代だった。どうしようかと悩んだ。

佐藤氏の状態は、危険値に近づいている。私はたとえ病院をクビになっても、このまま黙っていられないと覚悟した。

佐藤氏の嫁に事情を話し、3日後に臨時に外来受診してもらうことにした。そして主治医あてに「患者さんとの関係を大切にする先生の考え方を尊敬します。でも看護師としての責任と自信があるので、佐藤氏が今、危機的状態であることを再度、報告します」とのメモを、カルテにはさんだ。

主治医は診察室で「抜き打ち」採血をし、血糖値の高さを知った。「季羽さんは、あなたの命の恩人です」との主治医の言葉を、受診に付き添っていた嫁が、後日知らせてくれた。

佐藤氏の訪問看護をその後も継続できて良かった。

ホスピスケアに取り組む

新しい医療――ホスピスとの出会い

１９７５年、英国留学を終えて帰国する直前に「予想外の奇跡」がめぐってきた。訪問看護研修コースの指導者が私に、英国の新しい医療・ホスピスを見学するよう勧め、ロンドンの聖ジョーゼフ・ホスピス訪問のチャンスを設けてくれたのだ。

英国発祥のホスピスにまだ知識も関心もなかったが、好奇心にかられて見学に行った。

案内してくれたドクター・ラマートンが「ここの患者は皆、自分ががんであることと、病状が末期であることを知っています」と話したことに、私は強い衝撃を受けた。50年も前の日本では「がん告知、まして予後告知はタブー」だったので、これはとても考えられないことだった。

ドクター・ラマートンからいただいた著書『Care of the Dying』を、帰国後に翻訳して『死の看護』として出版した。

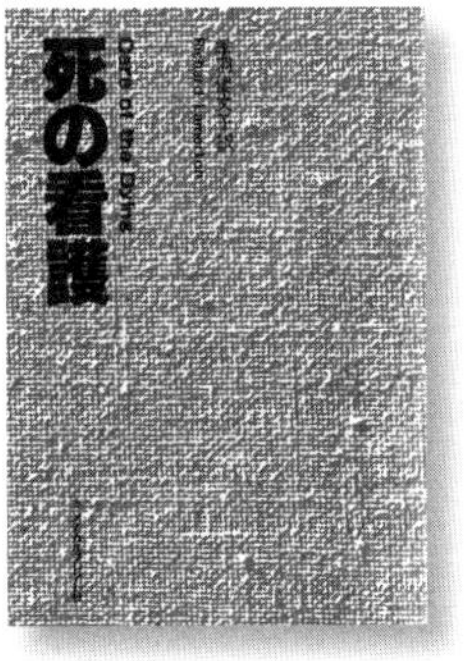

『死の看護』(Care of the Dying)
Richard Lamerton 著
季羽倭文子訳
1977年、メヂカルフレンド社
(絶版)

訳本『死の看護』――鎮痛用の赤ワイン

留学から帰って休職前の職場に戻り、当時はまだ日本で行われていなかった病院からの「訪問看護」を試行させてもらっていた。

2年ほどたったある日、訪問看護開発室に、岡安大仁教授がやってきた。やや硬い表情で「季羽君、この本をどうしてもっと早く出版しなかったのかね!」と言われた。岡安教授の手には、赤い表紙の『死の看護』が握られていた。えっ?私はとっさに何を言われているのか理解できなかった。初めての翻訳に、なれない中で一生懸命取り組んだ。その原稿を大手の出版社は出してくれず、看護の出版社のメヂカルフレンド社がやっと出版してくれたのだった。それなのに「遅い!」とは。

岡安教授は腰をおろして話しだした。

「僕は病棟回診がとてもつらい。肺がんの患者さんが痛みや呼吸苦に苦しんでいるのに、何もできないからね」と。

当時の日本では、進行がん患者の痛みに対処する方法はまだ開発されていなかった。しかし『死の看護』では、進行がんの痛みへの対処方法を紹介していたのだ。それは、患者本人が好むアルコール類に麻薬性鎮痛薬を溶解し、4時間ごとに内服する方法だった。

数日後、今度はにこにこした表情で、岡安教授がやってきた。

「薬局長と相談して、あの本に書いてあった方法を試してみたよ」と言った。どうでしたか？　と聞くと、笑みを浮かべて、効果があったと答えた。岡安教授の先輩が肺がんで入院していたので試してみたところ「ありがとう。おかげで本が読めるようになったよ」と感謝されたと。

赤ワインを用いた岡安教授のこの試みは、日本初の「内服による麻薬性鎮痛薬投与」だった。呼吸器科病棟のナースステーションには、鍵のかかった冷蔵庫の中に、鎮痛用赤ワインがいつも入っているようになった。

新しい道へ――映子さんのこと

大学病院で訪問看護の開発に取り組んでいたが、1981年に日本看護協会に移り、訪問看護の組織化などに取り組むチャンスが訪れた。新しい職場で忙しく、帰宅も夜遅くなることが多かった。

1982年の年末、夜11時過ぎに帰宅すると電話のベルが激しく鳴っていた。急いで受話器をとると「遅いわね。頼みたいことがあるから家に来て!」と、映子さんのいらいらした声が耳に響いた。はっと気がついた。彼女が卵巣がんの手術を受け病状が進んでいること、そしてがん告知は行われていないことを。

翌日訪問すると、映子さんの夫が緊張した表情で出迎えてくれた。家の中は静かだった。

映子さんから厳しい口調で「あなたの本、読んでるわよ。私は〝がん〟だとわかっているから、あなたまで嘘つかないでね。あなたの力で私をホスピスに入院させて」と言われた。

こたつの上には、私が翻訳した『死の看護』が置いてあった。

当時の日本で「がん告知」は行われていなかった。また日本最初のホスピスが前年の１９８１年に静岡県の聖隷三方原病院に開設されたばかりで、それ以来１か所も増えていなかった。

映子さんとの出会いは１９５３年、岡山の看護専門学校に入学した時にさかのぼる。太平洋戦争後、日本が米国の占領下にあった時代から１年後のことである。

岡山の池田動物園がある小高い山のふもと、旧米軍宿舎の跡地に、看護専門学校の校舎と全寮制の宿舎が建っていた。4人一部屋の寮で、映子さんと私は何度か同じ部屋になった。同じ釜の飯を食べた仲なのだ。彼女は眼が大きくスラッとした美人だった。宝塚音楽学校に進みたかったが、親の反対で断念したと、思いが残っているようすで話していた。

卒業後、映子さんは親友のクラスメートと一緒に東京の病院に就職した。

その後30年あまりずっと交流はなかったが、10日ほど前にクラスメートから電話連絡があった。彼女が卵巣がんの手術を受けたこと、予後は約6か月と。本人へのがん告知がタブーだった時代に、私の本を見つけて、クラスメートにSOSしてきたのだ。

その後、映子さんが亡くなるまでの半年間、苦しい関わりが続いた。

翌1983年、ロサンジェルスで開かれた国際看護師協会大会から帰ると、成田空港に思いがけず私の夫の姿があった。「映子さんの具合が悪いようだ。お前に話したいことがあるからすぐ来てほしいと、ご主人から電話があった。すぐ行くか？」と言う。私はとても疲れていたので、翌日早く病院に駆けつけた。

「本を出しているだけでは駄目。私のように痛みに苦しむ人がひとりでも少なくなるように、お願いだから、早くホスピスをつくって！」

映子さんは意識が時々薄れる状態で、必死に訴えた。亡くなる6時間前だった。

瀕死の床での訴えは、迫力があった。彼女の訴えに、私はホスピスをつくると約束してしまった。

映子さんに新しい道に押し出され、その後の私の歩む道は決まった。というか、決められてしまった。

サポートが降ってきた

友人映子さんの瀕死の床での願いに押され、50代後半の私は勤めを辞めてホスピス普及活動に取り組むことを決心した。とはいえ活動資金もスポンサーもなく、無鉄砲の意気込みがあるだけだった。

当時は日本看護協会で常任理事として、訪問看護組織設立などのために奮闘していた。その途上で退職してホスピス普及に取り組むことに、上司や先輩たちは大反対。

訪問看護も新しい取り組みで重要な仕事だが、一緒に準備をしてきたスタッフがいるからこれからも進めていける。ホスピス普及活動は私しかできないと、大変な自負心だった。

日本看護協会で私が担当していた役割の一つに、国際関係があった。退職する直前に、英国から日本の保健所見学を目的として来日した保健師ジュディの世話役をした。

見学が終わって帰国するジュディに何げなく、近いうちに退職してホスピスケア研究会を立ち上げ、ホスピスケア普及活動に取り組むことを話した。すると彼女から「今あなたが私に話したことを、手紙に書いて[註1]ブリティッシュ・カウンシルのミスター・ジェンキンスに伝えるように」と勧められた。一面識もないのに？　と尻込みする私に「何か良いことがあるかもしれないから」普通の手紙でいいと強く勧められた。

思い切ってミスター・ジェンキンスに手紙を書いた。すると数日して、会いに来るようにと返事が来て驚いた。恐るおそる飯田橋駅近くにあるブリティシュ・カウンシルに出かけると、ミスター・ジェンキンスは小柄で気さくな印象だった。

私は、ホスピスケア研究会のオープニングセミナーの講師として、英国でホスピスに関わっている看護師を招へいする計画を話した。ミスター・ジェンキンスは「講師のロンドン・羽田往復の航空機代を出してあげましょう」とあっさり言った。複雑な手続きは何もなかった。

「きっと、良いことがあると思う」と、ジュディが言ったのは、このこと・チャリティ[註2]だったのだ。さらに、来日したふたりの講師は、謝礼を辞退された。英国のチャリティ文化に大感謝。一歩進む元気が出た。やさしさが胸にひびいた。

【註1】ブリティッシュ・カウンシル……イギリス政府により設立された、公的な国際文化交流機関。ロンドンに本部があり、日本では、東京都新宿区神楽坂に事務所がある。

【註2】チャリティ……慈愛や慈善、または博愛、同胞愛の精神に基づいて行われる、公益的な活動(慈善の精神などにより社会全体の利益のために行われる活動を指す言葉)。

ホスピスケア研究会

ホスピスケア研究会開設記念セミナーに英国から講師を招きたいと思い、私はひとりでロンドンに飛んでいた。日本看護協会で国際関係を担当していた経歴が役立ち、英国看護協会で推薦してもらうことができた。聖クリストファー・ホスピス研修コース教師のジョー・ホックリーと、がん専門病院看護部長のバーバラ・ディックスである。ふたりとも来日を了解してくれた。

講義は録音して日本語に起こし、単行本にして出版した。『ホスピスケアのデザイン――ナースが当面する問題とその対応』と命名したこの本を、実に多くの看護師が読んでくれた。それというのも、新しくて知りたい内容がいっぱい詰まっていたからだ。

セミナーでは、講義のテーマごとに次々と多くの質問が続いた。通常は耳を傾けて講演を傾聴するだけのことが多い看護師たちの「ホスピスケア」という新しい情報を詳しく知りたい熱意が会場にあふれた。その質問内容も、この本に残さず掲載した。

24時間の痛みに苦しんでいる患者さんのそばから離れられない看護師は、いつも痛みの対処方法を求めていた。がんの痛みを何とか緩和したいと思っても、医師が鎮痛剤の指示を出さなければどうすることもできない。医師の気持ちを動かすためには、「痛みを数量化」して客観的に患者の痛みを医師に伝える手法が必要だった。

疼痛アセスメントチャートの紹介は、この本が日本で最初だった。

1987年7月、設立基金はもとよりスポンサーもなかったが、がん専門病院の看護師やソーシャルワーカーが活動を支えてくれて「ホスピスケア研究会」は発足した。

会員の研修会とともに、がん患者と家族のサポートプログラム（I Can Cope Program　がんを知って歩む会）や、電話相談も行ってきた。

「NPO法人ホスピスケア研究会」はそれから40年近く活動を継続している。建物としてのホスピスはつくれなかったが、仲間で支え合って歩んできた活動は、1996年度の朝日社会福祉賞を受賞した。

『ホスピスケアのデザイン
——ナースが当面する問題とその対応』
季羽倭文子 監修
ホスピスケア研究会 編
1988年、三輪書店

銀座二丁目の重い初仕事

「二丁目でも銀座だから」と、大家さんの鼻息は荒かった。使わなくなった印刷所の倉庫の1階の部屋を、1987年、ホスピスケア研究会発足時の事務所として借りたのだ。上の2階と3階は、国立がん研究センター病院に受診のため遠くから通ってくる患者さんと家族の民宿になっていた。その方たちの相談にのってほしいとの同センター看護師の思いを聞き、そこを借りることにした。

私たちの新たな門出のようすを見に来た知人や友人たちは、銀座とは思えない裏通りの小さい事務所を見て、驚いていた。

1週間後のある朝、事務所で研修会の準備をしていたら、隣の山田さんの家から慌ただしい声が聞こえてきた。「救急車呼ぼうか？　それとも隣の看護師さんを呼ぶ?・」と大家さんの声だ。何かあったな！　と直感した。来なければいいな、と内心思っていたが、やはり大家さんが事務所の入り口から、こわばった顔をのぞかせた。

2日前に、山田さんの妻が胃がんのために病院で亡くなっていた。葬儀をすませ、昨夜、姪が同行して山田さんが帰宅した。姪は自宅に帰り、今朝、再び山田さんを訪ねてきたら、呼んでも返事がないし、玄関に鍵がかかって開かない。大家さんと姪とふたりでやっと玄関を開けて中に入ったら、山田さんは浴室で亡くなっている。どうしようか？　と聞かれた。

とっさに私は、救急車を呼ばないで「かかりつけ医」を呼ぶように伝えた。司法解剖を避けた方が良いと思ったからだった。

翌日、町内会の親しい人たちが集まり、山田さんの出棺をあたたかく見送った。「きっと亡くなった奥さんが、脚の悪いご主人を心配して呼んだのね」と近所の人たちが話し合っていた。

その翌日、事務所に、亡くなった山田さんの長女が訪れ「警察のお世話にならずに父を送ることができ、とてもありがたかった」と感謝された。

ホスピスケア（緩和ケア）につながる、銀座二丁目の「重い初仕事」だった。

初めての在宅ホスピスケア

ホスピスケア研究会の事業の一つとして、在宅ホスピスケア（ボランタリー活動・無料）を行うことにした。この活動をサポートしようと、理解ある看護師長から、在宅ホスピスケアの依頼が届き始めた。

救世軍清瀬病院（1990年に東京都で最初のホスピス開設）から、訪問看護依頼の電話がかかってきた。ホスピス病棟入院中、82歳の大川氏は肺がんが重篤で余命あと数日と予測されているが、自宅に帰りたいと望んでいる。退院時には、主治医が同行するという。

退院当日、私は大川氏宅に行き家族に自己紹介をして待っていると、ほどなくホスピス病棟の主治医が同行して大川氏が帰宅した。家族も手伝って、奥の座敷に敷いてある布団に大川氏を運んだ。

息子と娘とそれぞれの配偶者と大川氏の妻の5人、それに私が、布団の周りを囲むように座った。少しして大川氏が目を開け、家族一人ひとりを確かめるように見つめ、視線を移した。私の順番になるとしばらく視線が止まる。2巡目も止まった。あっ、気にしているなと思い、大川氏の耳元に口を近づけて大きな声で自己紹介した。3巡目は、私にも同じように視線が通り過ぎた。

少しして妻とふたりだけになった時に「ご主人はやさしい方だったのでしょうね」と話しかけた。しばらく沈黙の後に「いいえ、夫は、とてもひどい人でした」との言葉。しまった！　失敗したかと後悔。その後はずっと沈黙が続いた。

やがて大川氏の呼吸状態が悪くなったので、再び家族に集まってもらい、皆が見守る中で呼吸が止まった。私は一瞬、声をかけようか止めようかとためらったが、妻の耳元に小さい声で「ご主人の手を握ってあげて」とささやいた。すると妻は夫の手を握り「お父さん、ありがとうね。ありがとうよ」と言いながら、夫の上にわっと泣き伏した。

私は台所の電話で、以前からのかかりつけ医に、今、呼吸が止まったと伝えた。「行った方がいいでしょうか?」と問われたので、「先生のお顔を見るとご家族が安心すると思います」と答えた。

暫くすると、パタパタとスクーターの音が聞こえた。12月の夜中3時だった。白髪の医師は大川氏のそばに座り、両手を合わせ深々と頭を下げた。

家族全員と一緒に大川氏の身体を浄め、旅立ちの支度を整えた。

初めての在宅ホスピスケアは、穏やかな、あたたかな看取りだった。

「魔除けです」――仲直り

ボランティアで行っていた在宅ホスピスに、がんセンター・ホスピス病棟の看護師長から、訪問看護の依頼が入った。

ある退院患者の夫婦関係が非常に悪く、在宅生活を継続できるか不安があるという理由だった。肝臓がんだが痛みなどの症状はコントロールできており、予後は数か月と予測されている。

初めての訪問時、畳の部屋に置かれたベッドに73歳の林氏が寝ていた。部屋のかもいに、妻の日舞の舞台衣装姿の写真が、何枚も飾ってあった。

思わず、素敵ですねと口にすると、そばに座っていた妻が「魔除けです!」とピシャッと言い放った。林氏は、天井を見つめたまま無反応だ。これは手ごわいぞ!と緊張。

「お身体の調子を見せてください」と腹部に聴診器をあて「お腹は良く動いていますね」と伝えると、林氏から「そうか」と意外に穏やかな言葉が返ってきた。訪問看護を受け入れてもらえそうと一安心した。

帰り道、妻がついでだからと、駅まで一緒に歩いた。道すがら、夫の女性関係でつらかった昔の事をめんめんと話した。夫婦関係が悪いと聞いていたのに、意外にも妻はせっせと夫の身の回りの世話をしていた。毎回、訪問の帰り道を妻と一緒に歩いた。妻の話は、仲が良かったころの話から、自分も悪かったのだと振り返る話に変わっていった。

最期はホスピスに再入院かなと思っていたが、穏やかにその時が近づいてきた。その夜は、妻が不安かと思い、徹夜で妻に付き添う看護師を手配した。ところが夜中になると妻は、その看護師に「友人宅に、あなたが寝る所を見つけたの」と伝えて、休ませた。

明け方、妻はひとりだけで夫の死に寄り添った。「お父ちゃんごめんね。私に看取らせてくれてありがとう」と言ったと話してくれた。

夫と妻が仲直りできて本当に良かった。同居している次男が、訪問看護師と一緒に父親の髭を剃り、旅立ちの支度を整えた。

訪問看護の良さを実感できた体験だった。

夫を許せない罪悪感――相談の場

ホスピスケア研究会は、最初の出発時に、銀座二丁目の裏通りにある印刷屋の元倉庫を借りた。ただ、通うのが不便だったので、1年後に池袋東口から徒歩10分のマンションの一室に移った。2DKと狭いが、明るく静かなので気に入っていた。

ある朝、出勤してほどなく、入り口のチャイムが鳴った。ドアの外に、白髪の女性が立っていた。相談したいことがあると言うので、中に招き入れた。

夫が肝臓がん末期の状態で、自宅にいると言う。夫は10年以上前に蒸発し、音信不通だった。ある日病院から呼び出され、わけもわからず行くと、その夫が入院していた。

病院の担当者から、もう治療が終わったので退院してもらいたい。親族はあなただけだから、夫を引き取るようにと強く言われた。突然のことに驚き、引き取れないと言ったものの、病院担当者に強く押されてやむをえず、しぶしぶ連れて帰った。

2DKの住まいの一部屋に、夫を寝かせている。しかたなく、食事を作って部屋に運んでいる。ただどうしても一緒に食べる気にはなれない。そんな、夫を許せない自分の気持ちが、つらくてしかたがないと言う。

下を向いてつらそうに話すのを聞いて、私は「病院から引き取って、住まわせてあげているだけでも偉い。食事を一緒に食べなくても、全然気にすることはないと思う」と話した。「いいんですか?」とこたえた妻は、ほっとした明るい表情になった。

どうしても夫を許せない自分を責めて、誰かに話したかったのだ。しがらみのない誰かに気持ちを受け止めてもらうことで、前に踏み出せたようだ。

この出来事で、ホスピスケア研究会の活動として相談の場を設けることに、弾みがついた。

【註】当時は(1990年ころ)、がん告知が行われていなかったので、本人も家族も相談する人が見つからず、悩んでいる人が多かった。ホスピスケア研究会に相談の電話をかけてくる人が多かったので、電話相談に対応することにした。設立以来ずっとホームページやPRパンフレットに紹介し、事務局スタッフが、かかってくる電話相談に対応している。がん患者本人からの相談より、家族からの電話が多い。

「がんを知って歩む会」

大江戸線の新御徒町駅から上野駅近くの永寿総合病院まで、日曜日の昼前の街は人通りがほとんどない。病院の外来も静かだ。守衛室に挨拶し、4階の多目的ホールに向かう。

ここで、がん患者と家族のサポートプログラム「がんを知って歩む会」をホスピスケア研究会が毎年3回ほど開催していた。ボランティアの看護師やソーシャルワーカーがやってきて、会場の準備に取りかかる。

この会は、日曜日ごとに4回で1コースだ。ほとんどのがん患者と家族が1コースで終了するが、50代の村山氏は、6コース続けて参加した。初回参加の時、会の途中でもタイマーを鳴らして鎮痛剤を服用していたので、病状はかなり進行しているなと感じた。

話し合いの時間に、村山氏は肛門がんで手術したこと、職場にはがんを隠していることなどを率直に話した。小柄でやや小太り、顔色も良く一見元気そうに見える。職場で力仕事の時に、肛門部が痛んでつらいが、代わってほしいと同僚に言えないという。

村山氏は3か月後の会にまたやってきた。前回とまったく同じ内容だけど？と問うと「この会に来ると、気持ちが落ち着くから」と言う。3回、4回、5回と続けて村山氏は参加した。

6回目の時「僕、先週、地方にいる弟に会いに行ってきたよ。今までがんになったことを話してなかったんだ。この前の会に参加した人の家族の話を聞いていたら、黙っていると、かえって心配させることがわかったから、話してきたよ」と。村山氏は独身で、弟に長年連絡をとっていなかった。会って、いろいろ話せて気持ちがすっきりしたと語った。

6回目が、村山氏と会う最後になった。

「がんを知って歩む会」のたびに、日曜日が4回つぶれるのはつらい。でも、がん患者や家族が苦しさを乗り越え、相互に支え合いながら生きている姿に感動させられる。

支え合う場に参加できて感謝！

【註】がん治療が進歩するにつれて治療経過が長引き、社会人として暮らす中でさまざまな問題に直面する期間が長くなった。「がんに向き合って生きる力を強める」ために、がん患者と家族が一緒に参加するサポート・プログラム「I Can Cope Program」を米国の看護学博士ジュディ・ジョンソンが開発した。これを元に開発したのが、「がんを知って歩む会」である。前向きに生きる力を高め、知り合った患者や家族が支え合う。1回2時間×4週のプログラムを通して、最終回に、その時の気持ちを「リンゴの実」に書いて、全員でリンゴの木を作る。「人は、たとえ明日地球が滅びるとわかっていても、今日リンゴの木を植える」マルチン・ルター
詳細は『がん患者と家族のサポートプログラム——「がんを知って歩む会」の基本と実践』（季羽倭文子・丸口ミサエ監修、ホスピスケア研究会 編 2005年、青海社）を参照。

「あなただったのね」——シシリー・ソンダースを迎えて

世界で最初の近代的ホスピス、聖クリストファー・ホスピスの創始者として有名なシシリー・ソンダース（医師、１９１８〜２００５）の来日を、日本のホスピスに関わる医療関係者は長年切望していた。がん終末期に発生する強い痛みの緩和方法と、最後まで患者を支える場・ホスピスを開発したシシリー・ソンダースの来日は、しかし、なかなか実現しなかった。

１９９６年にブリティッシュ・カウンシルのサポートを得て、私たちホスピスケア研究会の5人の看護師がロンドン郊外にある聖クリストファー・ホスピスを見学した時のこと。ソンダースに面会できたので「日本に来てほしい」と話したところ、「機会があれば、訪日する気持ちはある」との答えを得ることができた。

早く実現したいと願い、帰国後、ブリティッシュ・カウンシルの、ミスター・ジエンキンスに招へいを依頼し、幸い承諾を得てついに講演会が実現した。

1997年4月11日〜22日に来日。最初は大阪で、淀川キリスト教病院を訪問し柏木哲夫先生企画による講演会の後、東京に到着した。

東京では、上智大学のアルフォンス・デーケン教授の協力で、同大学の講堂で2日間にわたり講演会とシンポジウムを開催した。ソンダースは「橋を架ける」と題して講演を行い、シンポジウムでは会場参加者からの多くの質問にもていねいに対応された。ひと目会いたいと、800人が入る大講堂から参加者があふれ、対応に困ったことが懐かしく思い出される。

また、日本のホスピスの現状を紹介したいと話し合い、東京では国立がんセンター東病院緩和ケア病棟と、聖ヨハネ会桜町病院ホスピス、大阪では淀川キリスト教病院ホスピスを訪問していただいた。さらにNHKのテレビ・インタビュー

シシリー・ソンダースをかこんで（前列右端はジェンキンス氏）

を受けるなど、忙しい日々を過ごされた。
彼女は背が高く近寄りにくい印象があるが、お茶目な一面もあった。ウイスキーが大好物だと聞いたミスター・ジェンキンスは、数々のウイスキーの瓶を、講演会場の舞台裏に並べた。短い休憩時間、ウイスキーはソンダースの秘かな楽しみになった。

上智大学構内にあるＳＪハウスは、関係者が休息し打ち合わせを行う場だった。
シンポジウムが終わり昼食後に皆がくつろいでいた時も、ひとり忙しく動き回っていた私が、ソンダースのそばを通りかかった時だった。

「日本にホスピスを広げたのは、あなただったのね！」じっと私の目を見つめて、彼女がささやいた。一瞬驚いたが、少しして、うれしさが、心の底からこみあげてきた。このひとことで、今までホスピスケア普及のためにがんばってきた努力が報われたと思った。彼女のこの言葉は、今まで誰にも話さず心の奥深くしまってあった。

日本で過ごした最後の日。69歳だった彼女の車椅子を押す役割をずっと果たしてきた看護師が、別れの挨拶をした時、ソンダースは彼女の手を取り口づけして「長い間、本当にありがとう」と伝えた。繊細な感性をもった心のやさしい人なのだと、感銘を受けた。

彼女の偉大な功績のきっかけが、「がんで亡くなった恋人の痛みを和らげたい」との思いだったことはよく知られている。偉大な功績が、繊細でやさしい気持ちから生まれたことが、来日時のいくつもの出来事を通して、深く実感できた。

【註】来日時の講演会など全記録は、「特集　ホスピスがかける橋――ソンダース先生を迎えて」（『ターミナルケア』1997年9月号）に詳しく掲載されている

がん告知の変化

2022年に入り、エッセイ塾の仲間からがん発病の報せが続いた。現在は、治療法が進歩しているし、がん告知も当たり前に行われている。

しかしかつての日本では、医師は家族だけにがんの発病を告げ、本人には告げないよう口止めしていた。それでも本人はうすうす気づき、家族に真実を話すように迫るので、本人と家族の間に深い心の溝がうまれることがよくあった。

看護学生時代の同級生、映子さんの場合も、卵巣がんが進行し予後半年の状態だったが、夫だけに「病名と病状」が知らされていた。

私は1975年に英国でホスピスと出会い「患者は皆、自分が、がんであることと、病状が末期であることを知っている」ことに強い衝撃を受け、帰国後にラマートン博士の『死の看護』を翻訳し、出版した。

この本を読んだ映子さんが「夫と話し合えなくてつらい」と電話してきたことがあった。

私は映子さんの夫に連絡してカフェで会い、本人は病名と病状に気がついているから、勇気をだして話し合うようにと強く勧めた。残された日々に楽しい思い出を作るよう、ふたりで話し合って過ごすように説得した。クリスマスイブだったその日、夫は、映子さんと話し合うと約束し、クリスマスケーキを買って帰った。

その半年後に、映子さんは他界した。

初七日にお線香をあげようと、映子さんの家を訪ねた。夫は、亡くなる前に映子さんから「蝶々の模様の新しい着物がたんすに入っている。納棺時に着せてほしい」と頼まれたと言う。「さっき、庭に蝶々が飛んで来たんですよ。しばらくの間、あちこち飛び回っていました。映子が挨拶に来たのだな〜と思いました」と涙ながらに話した。

50年たった今、日本でも、がん闘病中であることを隠さず話すようになった。無用な「気持ちの探り合い」をしなくても良くなったのはうれしい。

それでも、真実を話し合うのをためらう。勇気がいることは、変わらないのだ。

あとがき

私は現在92歳、心身共に健康で、高齢者住宅で暮らしています。卒寿目前にしてエッセイを学び始め、4年たちました。まだ手習い中なのにエッセイ集を作ろうと思ったのは「私の今の感じ方」を自分のために確かめたい、と思ったからです。それが立派な本にでき上がり、少し戸惑っています。今に至る歩みを簡単に紹介し、エッセイ集に託した私の気持ちの補いにしていただけたらと思います。

私は、昭和5年（1930年）に福島市で生まれ、父の転勤のため小学校三年生で四国の徳島市に引っ越しました。15歳の時に太平洋戦争の大空襲に遇い、焼け野原をさまよう経験もしました。終戦後、新制度の高等学校三年生に編入し、そこで出会った友人（結核で他界）の影響で、看護専門学校に進学しました。英国人宣教師のミス・バーグス（Ms Baggs）に出会ったのはこのころでした。キリスト教の洗礼を受けたのも、看護師になる時も、英国留学の時も、彼女は大きな支えでした。

看護師になってから、看護専門学校で教育に従事した後、「外国の看護を見たい」という好奇心で、英国に留学しました。既に結婚していたので、夫（番町小学校音楽専科教師）の理解と支えがあったからこそ、実現しました。当時の日本は、米国の影響が強い時代だったので「英国に行っても何も学ぶことはない」と先輩や友人に大反対されました。ところが英国で、日本にはまだ紹介されていなかった「訪問看護」と「ホスピス」に出会い、その後の私の人生は大きく変わり始めました。

帰国後、日本看護協会で訪問看護制度の開発にとりかかっていた時に、がんで亡くなった看護学校の同級生、映子さんの遺言で、ホスピスを広める活動に飛び込みました。ホスピスケア研究会の立ち上げや運営では、看護の仕事で大変な中を、友人達が協力してくれました。

現役（ホスピスケア研究会）を退いた後、85歳で高齢者住宅に入居しました。花壇で花を育てたりのんびり過ごしていましたが、89歳の時に、朝日カルチャーセンター新宿教室の加藤明塾長のエッセイ塾で学び始めました。在職中に看護関係の文章を書く機会は多かったのですが、「自分の気持や感情を込めた文章を書いてみたい」と思ったからです。加藤塾長は、厳しく、ていねいに、ご指導くださいました。

一昨年（2021年）12月21日に、夫が急逝しました。心臓に病（動脈瘤）を抱えていたので覚悟をしていたものの、その時は突然でした。

相談はできませんでしたが、エッセイ集を作ることを、きっと夫は喜んでいると思います。1日も早く完成させたいという無理な願いを、友人達がかなえようと、がんばってくれました。感謝の気持ちでいっぱいです。

村上紀美子さん（元日本看護協会、医療ジャーナリスト）は、私がいい加減に早く進めようとするのを抑えて内容を充実させ、ていねいに編集してくださいました。伊藤直子さんは、編集者としての経験から、文章はもとより、本を作り上げるため多くの助言をしてくださいました。

デザイナーの安田真奈己さんは、装丁をはじめ、すべてのページを細やかな感性で作り上げてくださいました。

工藤良治氏（青海社社長）は、緩和ケアやリハビリテーションの雑誌や書籍を多数出版しておられ、私がホスピスケア活動を行っていた時に、たいへんお世話になりました。今回も、出版の依頼に快く協力してくださいました。

その時々の思いを書いたエッセイをまとめたので、読みにくいのではないかと気になっています。また「4章　道をひらく　訪問看護・ホスピスケア」では補足説明を加えるなどし、少しふくらんでしまいました。

エッセイ集『つながる力。』を楽しんでいただけると嬉しいです。

ご縁があってこのエッセイ集と出会い、読んでいただいた方に心から感謝します。ありがとうございました。

2023年3月　季羽倭文子

本文中でのカット写真の説明は、青海社ホームページ(https://www.seikaisha.blue/)のコンテンツ「書籍」(つながる力)画像をクリックすると、目次の下方でご覧になれます。

つながる力。
看護ケアをひらいた92歳のチャレンジ

発　行　2023年4月6日
著　者　季羽倭文子
発行者　工藤良治
発行所　株式会社 青海社
〒113-0031 東京都文京区根津1-4-4
根津フェニックスビル
電話 03-5832-6171
FAX 03-5832-6172
印刷所　モリモト印刷 株式会社

ISBN 978-4-910548-07-4 C0047